DU MÊME AUTEUR

Chez Lansman éditeur

MOLLY À VÉLO, *théâtre*, 2004.
MOLLY AU CHÂTEAU, *théâtre*, 2007.
L'ÉPOUVANTABLE PETITE PRINCESSE, *théâtre*, 2007.
STIB. Suite de Trajets Infrahumains Balisés, *théâtre*, 2009.
PAIX NATIONALE, *théâtre*, 2012.

Aux Éditions Luce Wilquin

SI TU PASSES LA RIVIÈRE, *roman*, 2011 (Le Livre de Poche, 2014).
BENNY, SAMY, LULU et autres nouvelles, 2014.

Aux Éditions Arléa

HISTOIRE D'UN BONHEUR, *roman*, 2014.

PATRICIA

GENEVIÈVE DAMAS

PATRICIA

roman

GALLIMARD

À Jacques Damas,
pour l'affection et la tendresse

Je vous attendais, Patricia. J'espérais que vous viendriez. Du café, je scrutais le port. Cela fait trois jours. Je me disais : « Il y a peu de chances pour qu'elle vienne, mais on ne sait jamais. » Quand vous avez marché sur la jetée, je vous ai reconnue tout de suite. Je ne pouvais voir les détails de votre visage, mais à votre manière d'avancer, cette manière d'avancer toujours, j'ai su que vous étiez arrivée.

La voiture, j'en ai pris soin. Quand je dormais dedans, quand je mangeais, quand j'avais peur, quand j'espérais, quand je roulais, quand je m'arrêtais, toujours je pensais, c'est la voiture de Patricia.

Je ne pouvais pas vous appartenir, Patricia. Je n'appartenais à personne. Pas même à moi. J'aurais dû commencer par là quand nous nous sommes rencontrés. Mais j'avais peur, peur de tout, peur de vous perdre, peur de laisser passer ma chance. Souvent, la vie ne vous en donne qu'une.

Quand je vous ai aperçue au Niagara Falls Hotel, cela faisait dix ans que je m'enlisais là-bas, dans ce pays où j'avais cru que tout serait possible. J'avais tant de force et j'avais dit à Christine : « Je pars nous construire une meilleure vie. Vous me rejoindrez bientôt. Très vite, nous serons réunis. » Je nous imaginais dans une maison, avec un jardin, une voiture, une grande télévision. Myriam et Vanessa feraient des études, elles auraient un bon métier. Je me disais : « Quand tu seras vieux, Jean Iritimbi, quand tu seras courbé et tremblant, tu regarderas ta femme et tes deux filles, tes petits-enfants, tes arrière-petits-enfants, et tu penseras, j'ai eu raison d'avoir fait ce que j'ai fait. »

C'est quelque chose quand elle passe, la dernière journée dans le pays qui t'a vu naître, que tu regardes jouer tes enfants, si petits, qui ne se doutent de rien, la chair de ta chair, tu retiens tout, les mots, les gestes, c'est ta provision vers laquelle tu reviendras chaque jour quand tu seras là-bas, ce à quoi tu te raccrocheras pour ne pas tomber, et les arbres, la terre, les maisons, les collines, tu te doutes que tu les vois pour la dernière fois, tout cela dont tu as voulu t'extraire, que tu as maudit, rendu responsable de la dureté de ton existence, dont tu redécouvres la beauté, comme ça, d'un coup, alors que tu t'y attendais le moins, cette fragilité, cette singularité qui ne te touchait plus. C'est soudain quelque chose en toi qui meurt, parce que tout change à chaque seconde et ce qui a existé est voué à disparaître. Ce que tu regardes ce jour-là, ce dernier jour, tu comprends que tu ne le reverras jamais plus.

Quand je suis sorti de l'aéroport, là-bas, il faisait froid. Je n'avais jamais connu un froid pareil. Les gens marchaient sans regarder, sans s'arrêter, et je me suis forcé à penser que j'avais de la chance, une chance incroyable d'arriver là, dans ce Canada dont j'avais rêvé, que j'étais un privilégié. L'ingénieur de Montréal avec lequel j'avais travaillé à Bangui m'avait pourtant prévenu : « Jean Iritimbi, ne pars pas. D'autres que toi l'ont fait et ils n'ont récolté que du malheur. La vraie richesse, c'est de rester avec ceux que l'on aime. » Mais je me croyais plus malin, plus habile. Je disais : « Moi, j'y arriverai. »

Quand j'ai commencé les démarches pour rester dans ce pays, j'ai découvert les files, tous ces gens comme moi qui avaient laissé les leurs, leur histoire aussi forte que la mienne, plus peut-être, et qu'ils ne parvenaient pas à faire entendre. Dans les bureaux, les employés voulaient des récits de sang et de coups ; des morts et des blessures. Moi, je n'avais pas tout cela.

Je disais : « Dans mon pays, je ne parviens pas à être un homme, un père comme je le voudrais. Ma femme ne vit pas comme elle le devrait. Mes deux filles ne grandissent pas comme il le faudrait. Je ne peux supporter cela. » Mais les employés du service d'immigration traitaient des dossiers plus urgents. Nous étions des centaines dans cette file et, au bout de quelques semaines, j'ai compris qu'il n'y aurait jamais de place. C'était à devenir fou. Hakim, qu'on menaçait de rapatrier, s'est brûlé les mains pour faire disparaître ses empreintes. Plus jamais il ne retrouverait du travail. Plus jamais. Et ils l'ont quand même renvoyé au pays.

Je ne disais rien à Christine, Myriam et Vanessa. Je téléphonais : « Tout va bien. Cela prendra un peu de temps, encore, des histoires de papiers, d'organisation. » Je ne sais à quel moment elles ont cessé d'y croire. Un jour, elles n'ont plus posé de questions. Personne n'a plus parlé du moment où l'on se retrouverait. J'ai changé de ville. Mon visa était expiré depuis longtemps, j'ai inventé une autre histoire. Une histoire de violence, de religion, je racontais ce que j'imaginais qu'ils désiraient entendre. Mais cela ne suffisait jamais, ils voulaient des noms, des faits, des lieux, des preuves.

Il faisait de plus en plus froid. J'étais de plus en plus seul, l'ingénieur qui m'avait hébergé au début, je ne le voyais plus, je changeais souvent d'endroit, parfois toutes les nuits, et un matin, dans une file, j'ai rencontré Christ : « Au Niagara, il y a des hôtels et des restaurants. Ils cherchent des travailleurs comme nous pour nettoyer, porter, réparer. Si tu te sens la force, viens. C'est à côté de la frontière américaine. » J'ai dit « OK, OK! », au moins, c'était quelque chose. Nous nous sommes donné rendez-vous un lundi, à dix heures, à la station de bus Greyhound de Toronto. À dix heures trente, toujours pas de Christ, j'ai laissé passer un premier bus, attendu encore, et quand le deuxième car pour Niagara Falls est arrivé, j'ai attrapé mon baluchon et je suis monté. Christ, je n'en ai plus jamais entendu parler. Encore maintenant, je ne sais pas. Peut-être qu'il a changé d'avis au dernier moment, qu'il a eu un accident, ça arrive, ou qu'ils sont venus le chercher. Ceux comme moi disparaissent vite. C'est pour cela que je ne m'attache plus, Patricia. Quelque chose en moi ne le peut plus. Comme avec vous, Patricia. Comme avec vous.

Quand je suis arrivé à Niagara Falls, tout était gris et blanc, c'était la fin de l'hiver. Je n'avais jamais vu une étendue d'eau pareille. Chez nous aussi, il y a des chutes, près de l'endroit où je suis né, à Kembé. Mais la terre n'a pas la même odeur, et la lumière et le ciel. Cela respire chez nous. Là, cela n'avait rien à voir. Quelque chose, déjà, qui ne ressemblait plus à la vie.

Le premier jour, je n'ai parlé à personne. Le deuxième, dans une pizzeria où le patron souriait, j'ai murmuré que je cherchais du travail. Je savais le risque que je prenais, mais je sentais qu'avec cet homme je n'aurais pas de problèmes. Je ne me trompais pas. De plus en plus, je sens les choses. Comme avec vous, Patricia. Comme avec vous. Le patron de la pizzeria connaissait quelqu'un au Niagara Falls Hotel et m'a conseillé d'y tenter ma chance. Au départ, je m'occupais du linge, après ils m'ont affecté à la cuisine. Cela leur était égal que je n'aie pas de papiers. Ils disaient : « Tu n'auras pas de contact avec la clientèle, c'est sans risque. » Je gagnais assez pour vivre et envoyer un peu là-bas, pas suffisamment pour les faire venir. Sans un miracle, je ne nous en sortirais jamais.

Et puis, un matin, je vous ai vue, dans le restaurant de l'hôtel. Vous portiez une robe bleue, assortie à vos yeux. Je vous ai trouvée belle. C'était le petit déjeuner, vous vous êtes assise face à la fenêtre. Je me disais : « Il y a un homme qui va entrer et s'installer à côté de cette femme. » Je voulais savoir à quoi il ressemblerait. Mais les minutes ont passé et il n'y a eu personne. Vous avez sorti un livre de votre sac, vous l'avez lu. Les jours suivants, je n'ai cessé de vous observer. Vous vous asseyiez toujours à la même table, avec votre livre, vous mangiez toujours la même chose — le matin des œufs brouillés au bacon, une salade le midi, avec un verre de vin rouge —, vous ne parliez à personne, vous aviez l'air seule. Aussi seule que moi. Je sortais de plus en plus fréquemment de la cuisine, je prenais des risques, quelque chose en moi disait : « Vas-y, tente ta chance. » Je me répétais ce que disaient les vieux au village : « Aux côtés de la femme blanche, l'homme noir ne craint rien. De l'homme blanc, tu te méfieras, mais la femme blanche peut tout. » Le cinquième jour, au petit déjeuner, vous vous êtes approchée du buffet quand j'arrivais avec le bac d'œufs brouillés. J'ai fait mine de trébucher et j'ai renversé le tout sur votre robe.

Les rires, je les entends encore et je revois votre visage, rouge, votre menton qui tremble, je crois que c'est là que je vous ai vue, vue vraiment, et que j'ai commencé à vous aimer, parce que je vous ai aimée, Patricia, malgré le mensonge, malgré la fuite, malgré tout cela. Et votre menton tremblait et vos yeux se remplissaient de larmes et je me suis excusé en français — je me doutais que vous parliez français, j'avais lu le titre de votre livre —, j'ai dit que j'allais porter, moi-même, la robe au pressing de l'hôtel et que je vous la rapporterais.

J'ai porté la robe, j'ai dit à Samy qu'il fallait que ce soit impeccable, je suis revenu dans ma petite chambre sous les toits — je me souviens de votre stupéfaction quand je vous ai dit le prix qu'ils me faisaient payer —, je me suis douché, parfumé, j'ai changé de chemise et, lorsque votre robe a été prête, je suis venu vous l'apporter moi-même, je suis allé chercher une composition de roses dans la salle de conférences et, quand vous avez ouvert la porte de votre chambre, je me suis excusé encore, je vous ai tendu les fleurs et j'ai demandé si vous aviez le temps de prendre un café après mon service. Je vous ai regardée droit dans les yeux. Vous avez rougi encore, ni de douleur ni de honte comme le matin, mais de trouble et de désir, et j'ai su qu'il me serait possible d'être aimé de vous, de dormir avec vous, de vivre avec vous.

Durant ce premier café, j'ai à peine parlé. Je vous écoutais. « Les Blancs ont besoin de prendre toute la place », me répétait mon père qui, toute sa vie, a travaillé sous leurs ordres. Alors, je vous l'ai donnée. Vous m'avez parlé de votre mère, la mort de votre mère, la promesse faite à votre mère. Rien sur votre père. C'est à Paris seulement que vous me raconterez sa disparition. Vous avez aussi évoqué votre relation avec Alain. Douze ans d'espoir qui s'évaporent en quelques secondes. Je vous ai dit que cela ne sert à rien de revenir sans cesse où l'on s'est perdu. Que les arbres, les hommes, les animaux meurent, Patricia. Pourquoi pas l'amour ? Et je pensais à Christine en disant cela car, après toutes ces années, séparés l'un de l'autre, je ne savais plus ce qui me reliait à elle, qu'est-ce que tu peux dire de quelqu'un que tu n'as plus vu, plus touché depuis dix ans ? Vous avez continué à parler et vous vous êtes soudain étonnée que je ne dise rien. « J'écoute, j'ai répondu, je vous écoute, avant vous, il n'y avait rien. » Et quelque part, c'était vrai. Vous ouvriez le champ des possibles. Avant vous, il n'y avait rien.

Nous avons répandu ensemble les cendres de votre mère au pied des chutes. Sans elle, disiez-vous, vous ne saviez ce que vous alliez devenir, c'était votre vie qui s'en allait dans les eaux bouillonnantes. Vous pleuriez et, moi, j'ai été gagné par vos larmes. Vous avez cru que je partageais votre douleur, mais je me dois de vous le dire, aujourd'hui que je vous raconte tout, ces larmes ne vous appartenaient pas. C'était celles d'un mauvais fils. Quand ma sœur m'a téléphoné il y a quatre ans pour m'annoncer que mon père était malade, quand j'ai compris que je ne ferais pas ce qu'il y avait à faire, le revoir une dernière fois, le veiller comme il faut, l'enterrer dans la terre de nos ancêtres, quelque chose en moi s'est fissuré. Je ne suis pas rentré.

Il n'avait qu'un fils, vous comprenez. Avant moi et après, ce n'étaient que des filles.

Nous avons continué à nous retrouver, vous et moi, après mon service. À chaque rencontre, je disais que vous étiez belle. Je ne mentais pas. Vous étiez plus belle que lorsque je vous avais vue pour la première fois. Quelque chose s'éclairait à l'intérieur de vous. Vous répondiez que personne ne vous avait parlé ainsi. Nous marchions la plupart du temps. Je me souviens comme nous marchions le long des berges du Niagara.

La date de votre retour en Europe approchait. Je faisais comme si cela n'existait pas. Je redoublais d'attentions comme une femme qui rêve de se faire épouser. Et, un soir, je vous ai sentie timide, mal à l'aise. J'ai compris que le moment était venu. Vous avez dit que vous n'imaginiez plus vivre loin de moi. Mais ici, au Niagara, il n'y avait rien pour vous. Alors que moi... Et vous m'avez proposé de vous accompagner en France. J'avais répété ce que j'allais dire, dans ma chambre, jusqu'aux moindres gestes. J'ai fait ce que j'avais préparé. J'ai baissé la tête. Je suis resté silencieux. Puis, enfin, j'ai répondu que c'était mon désir, mon désir le plus profond, mais que ce n'était pas possible, et je vous ai tout avoué, tout si l'on peut dire, je pensais que vous vous en doutiez, mais non, vous n'aviez pas imaginé cela une seule seconde, que mon visa était expiré depuis si longtemps, que, sans papiers, je n'avais nulle existence au Niagara.

Vous étiez effondrée. Cette nuit-là, nous n'avons pas dormi ensemble. Vous êtes rentrée directement à l'hôtel. J'ai eu peur, j'ai cru que tout était perdu. Mais le lendemain, vous êtes revenue, calme, comme si rien ne s'était passé. Vous avez dit : « À tout problème il y a une solution » et je vous ai crue.

Je ne sais comment vous avez fait. Vous n'avez jamais voulu le dire. D'où vient ce passeport sur lequel se trouve la photo de cet homme qui sourit, ce Canadien que je ne connaîtrai jamais, dont j'ai emprunté l'existence, Hubert Rowland, né à Saint-Louis le 10 mars 1960 ? Ce n'est pas en huit jours qu'on se procure des faux papiers ici, et si on ne s'en procure pas, alors on les vole. Vous ne ressemblez pas à une voleuse. Je parie que vous n'avez jamais volé avant. Mais vous avez dû le faire. Pendant mon service, vous avez parcouru Niagara Falls à la recherche d'un homme qui me ressemble, l'ayant trouvé, et il vous en fallait de la chance — il y a si peu d'hommes de ma couleur là-bas, l'avez-vous remarqué ? —, vous avez dû le filer jusqu'à lui subtiliser son portefeuille, au gré d'une bousculade, d'une conversation ou de tout autre chose. J'imagine ce qu'il vous a fallu de courage, d'audace, de dissimulation et d'amour pour que ces papiers arrivent sans encombre dans mes mains. Je desservais le buffet ce matin-là, vous avez déposé le passeport sur mon plateau comme si de rien n'était, comme si c'était tout naturel, et vous êtes retournée vous asseoir face à la fenêtre. Il a fallu que je m'asseye à une table, au milieu des clients, que je reprenne mon souffle. J'ai croisé le regard de cet homme souriant sur des papiers qui, désormais, étaient les miens. Vous m'avez appelé pour débarrasser votre table, je me suis penché vers vous et vous avez murmuré qu'il nous fallait partir vite.

Durant ces dernières heures de travail au Niagara Falls Hotel, je comptais les minutes, le temps ne passait pas et, en moi, montait une euphorie, comme des ailes, comme si le mur contre lequel je me cognais depuis des mois et des années venait de s'écrouler et que la route réapparaissait enfin, une route où tout serait possible à nouveau et aussi la peur, parce qu'on ne cesse jamais de l'avoir en soi, la peur. Je ne suis pas retourné dans ma chambre sous les toits, j'ai tout laissé, cela vous a étonnée quand vous m'avez vu arriver, rouge et hors d'haleine, à l'entrée du Rainbow Bridge : « Vous n'avez rien pris avec vous, Jean Iritimbi. » Ce n'était pas la première fois, Patricia. Pas la première fois.

Nous avons marché, main dans la main sur le pont. Devant nous, la terre promise, devant nous, les États-Unis, le vent fouettait nos visages, et je tremblais mais j'étais vivant, tellement plus vivant, et il me semblait que vous aussi. Quand j'ai tendu le passeport à l'officier américain, qu'il l'a regardé, qu'il a agrafé la carte verte, apposé le cachet, comme si cela allait de soi, j'en aurais bien pleuré, Patricia, pleuré de bonheur et de reconnaissance, mais j'ai appris, durant toutes ces années, à retenir ce qui monte de plus fort en moi, travaillé cette impassibilité qui, tant de fois, m'a sauvé quand j'étais au bord du gouffre, alors j'ai tout gardé, seule la fébrilité de ma main au fond de ma poche aurait pu me trahir, et quand l'officier nous a rendu nos deux passeports, nous avons avancé jusqu'à l'arrêt de bus comme deux passagers parmi d'autres, des voyageurs rompus au trajet Niagara Falls-New York, juste que je n'ai pas lâché votre main de tout le trajet — vous en souvenez-vous, Patricia ? — et je regardais la route que nous empruntions, droite, au milieu d'étendues vides et vastes, et, tout à coup, ce fut l'arrivée à New York, un tressaillement au creux du ventre, ce n'est pas rien de voir apparaître New York quand on a des papiers, qu'on croit à la liberté et qu'elle vous arrive enfin, New York.

Le premier soir, nous avons arpenté les rues rectilignes, où j'ai pu enfin laisser éclater ma joie. Je vous ai serrée à vous étouffer, vous aviez presque peur. Rien n'était assez fort. Je pensais que le plus dur était derrière moi désormais. Vous avez insisté pour m'acheter des vêtements. « Les vêtements auxquels vous avez droit », disiez-vous. Vous m'avez emmené dans des magasins dont je n'aurais pas osé rêver. Habillé de neuf, je ne me suis pas reconnu. « Tout est possible », disiez-vous. Tout. Et je vous ai crue.

C'est le lendemain que je vous ai annoncé que je me rendrais au casino. Dans ma situation, on cherche toutes les occasions de gagner de l'argent. J'ai commencé à jouer à Montréal ; et, à Niagara Falls, après le service, j'ai continué à faire des parties de poker avec mes collègues. Ce n'étaient que de petites soirées, de petites mises, de petits gains. Sans papiers, impossible de passer à la vitesse supérieure. Avec le passeport d'Hubert Rowland, tout devenait différent. Quand je vous ai annoncé mes intentions, vous avez eu l'air effrayée. Comme si j'étais frappé d'une maladie honteuse. Mais je vous ai expliqué que le poker n'était qu'une question de sang-froid et de probabilités. Dans la fièvre du jeu, je ne montre aucun état d'âme.

24

Vous avez pensé que c'était une lubie, un reste de puérilité, comme en ont les hommes, si forts, à l'extérieur, et, à l'intérieur, mus encore par des désirs d'enfant, vous n'avez pas compris, vous ne pouviez pas comprendre. C'était vital, le seul moyen d'envoyer le pactole aux miennes, ma manière de leur montrer que nos sacrifices avaient un sens. Quand je vous ai demandé de me prêter la mise de départ, deux cents dollars, vous vous êtes raidie, ce n'était rien comparé au prix de la chambre, mais quelque chose en vous se montrait pingre pour la première fois. Je ne vous reproche rien. Vous aviez déjà tant fait, tout ce que vous aviez payé, de votre poche et de votre personne, deux cents dollars encore, comme si rien ne suffisait jamais, la crainte du puits sans fond.

Quand j'ai retiré ma carte de membre au Resorts World Casino, j'étais tellement nerveux, « Et si Hubert Rowland était interdit de jeu? » ai-je murmuré. Vous tentiez de détendre l'atmosphère, proposant, en cas de refus, que nous jouions ensemble dans la chambre d'hôtel, conversation insupportable. Je vous ai coupée sèchement, et j'ai lu, pour la première fois, la stupeur dans vos yeux. Quand l'employé m'a remis la carte au nom de Rowland, j'ai compris que rien ne me serait possible en votre présence, alors je vous ai demandé de quitter les lieux.

Vous m'avez regardé comme si vous n'aviez pas compris. J'ai répété que je voulais être seul. Je devais rester seul.

Au début, tout me souriait. Je tirais de bonnes cartes mais, au quatrième changement de table, un homme s'est assis à mes côtés, crâne rasé, une armoire à glace, qui m'en a rappelé une autre que j'avais croisée sur un chantier du côté de Montréal, un Polonais celui-là, un sale type, qui m'avait roué de coups pour une histoire de salaire qu'il me devait. À quoi ça tient la confiance, à pas grand-chose. Au Resorts World Casino, j'ai commencé à transpirer, je perdais pied, paralysé à chaque mise, je passais mon tour, me surprenant à penser « que ce calvaire finisse », et l'homme chauve buvait son whisky à petites gorgées et je ne parvenais plus à détacher mes yeux de ses bagues et le tas de jetons se réduisait devant moi, il fallait agir et, tout à coup, j'ai pioché un roi et une dame, une chance incroyable, et, sans réfléchir, j'ai annoncé « tapis ». Tous les regards se sont tournés vers moi. Après, je ne sais pas, j'ai un moment d'inattention, mon regard se fixe sur le visage de la serveuse qui apporte les boissons, la fatigue sûrement, quand je reviens à moi, je ne trouve plus mes cartes, je regarde mes voisins de table puis le croupier, je réalise que celui-ci vient de les ramasser par inadvertance, je perds les pédales, je crie : « Rendez-moi mon roi et ma dame ! » L'homme me répond que c'est trop tard, je suis responsable de la protection de mes cartes. Je comprends alors que j'aurais dû garder mon sang-froid, poser mes mains à plat, faire semblant que je les tenais toujours, la table n'y aurait vu que du feu. Mais c'est trop tard. La mise est perdue, il ne me reste rien, je dois quitter le casino.

Je ne pouvais revenir au Four Seasons. Vous m'attendiez mais je ne pouvais pas. J'ai marché dans la ville. J'ai marché jusqu'à m'user, tomber, ce que je fais quand ma vie part à vau-l'eau, j'use l'énergie qu'il me reste pour ne pas la retourner contre quelqu'un, pour ne pas me détruire, et quand je me suis senti aussi faible qu'une brindille, je suis revenu me coucher entre vos bras.

Au petit jour, vous m'avez spontanément remis deux cents dollars, et je vous ai aimée pour cela, parce qu'à vos yeux un dollar est un dollar, on vous l'a enseigné dès l'enfance, c'est ce que l'on apprend toujours aux Blancs, de là, ils puisent détermination et force. Et je suis retourné au Resorts World Casino, redoutant de croiser le croupier, heureusement je ne l'ai pas vu ce jour-là, et cette nuit-là la chance m'a souri, puisque j'ai terminé à la quatrième place, riche de huit cent sept dollars.

J'étais fou. Fou de joie pour l'argent, mais aussi fier, parce que avec cette victoire s'ouvrait, sur la base mondiale des joueurs de poker, une fiche, immatriculée BFJ 897, vantant à tous mon exploit. Je crois que de tous les papiers officiels, c'est de celui-là que je suis le plus fier. Mon passeport de joueur. Celui-là, je l'ai gagné, honnêtement, à la sueur de mon front. Cette nuit-là, vous n'avez pas compris pourquoi je vous avais tirée du sommeil. Il fallait que vous le voyiez tout de suite, « Oui, maintenant, Patricia », même s'il était quatre heures du matin.

Chaque nuit, je l'ai eue, la baraka. Je peux vous le dire maintenant. Le dernier soir, j'ai fini deuxième, empochant quatre mille six cent trois dollars. Et, de New York, j'ai envoyé l'argent à ma famille. En quittant le guichet de Western Union, je me suis senti léger, enfin à la hauteur de mon rôle de mari et de père, et, à la fois, paisible de vous savoir à mes côtés. J'ai insisté pour vous rembourser les quatre cents dollars. Je voulais être quitte. « Quitte ? » J'ai senti une méfiance dans votre voix, comme si vous vous doutiez de quelque chose et j'ai annoncé que je désirais vous offrir un cadeau qui dure et vous vous êtes apaisée. C'est la première chose que mes yeux ont cherché quand vous vous êtes assise, Patricia. Si vous la portiez encore, ma bague. Vous la portez encore, tout n'est pas perdu.

Nous avons pris l'avion pour Paris. Je redoute les aéroports, la douane, les contrôles, les questions, j'ai beau marcher d'un pas assuré, une bête hurle au fond de moi, un animal apeuré craint qu'on ne fonde sur lui, qu'on ne l'arrache à la foule, qu'on ne le menotte sous les regards. Mais non, rien de tout cela. Durant le vol vous vous endormez sur mon épaule, moi, je garde les yeux grands ouverts, je ne peux me reposer sur personne, et, au petit matin, nous atterrissons à Paris, il fait doux, bien plus doux qu'à New York, les cerisiers sont en fleur, nous prenons un taxi et vous vous étonnez qu'avant de nous rendre chez vous je demande à ce que nous poussions jusqu'à l'Arc de triomphe et la tour Eiffel, j'ai besoin de les voir, j'ai si peur de me réveiller en enfer, je veux être sûr qu'on ne m'a pas menti et que je suis bien arrivé ici, à Paris.

Et le taxi s'arrête rue Georges-Simenon, vous vous excusez mille fois avant de me faire entrer, si vous saviez, Patricia, ces recoins, ces divans, ces ponts que j'ai connus. C'est beau chez vous, tranquille, clair. Il y a des plantes et aussi trois masques africains que je remarque tout de suite. L'un vient de mon pays. Je demande si vous êtes déjà allée là-bas. Vous dites que non, c'est ce qu'il reste de votre père. Je comprends qu'il faisait du commerce ou quelque chose qu'on appelle commerce pour ne pas le nommer autrement entre la France et l'Afrique centrale, toujours parti, toujours par monts et par vaux, un homme aux faces cachées — comme je le suis moi-même devenu —, disparu du jour au lendemain, criblé de dettes. Je l'imagine très bien, votre père. Et me revient en pleine face cette ligne invisible qui sépare les prédateurs des victimes, les Blancs des Noirs, vous de moi. Vous dites qu'à terme il faudra déménager, nous aurions besoin d'une chambre de plus. Je n'imagine pas le terme, alors je murmure que nous avons le temps. « Tout le temps, Patricia. »

Et, dans l'escalier, nous croisons Mme Desgrangers, votre concierge, et quand vous me présentez, vous dites « Jean Iritimbi Zuma, mon compagnon », vous demandez que sur la sonnette on écrive Couturier-Zuma et cela me fait quelque chose. Oui, quelque chose, Patricia.

Vous retournez travailler. Vous avez peur. Vous dites : « Ne sortez pas. » Comme si j'étais un enfant. Je promets. Et toute la journée, j'attends, je vous attends. Je regarde la télévision, je vais sur Internet, je réfléchis. Le soir, je vous retrouve et nous marchons dans le quartier. Cela dure une semaine et je commence à devenir fou. Le deuxième mardi, je mets le pied dehors. Au début, c'est juste descendre dans la rue, aller au square et revenir. Je m'arrange chaque fois pour rentrer bien avant votre retour. Je frotte mes chaussures, j'enlève les traces de boue, de terre ou de pluie, je fais sécher mes vêtements, je les repasse parfois. Vous ne remarquez rien. Insensiblement, je m'éloigne. Mes pas m'entraînent vers le métro, les gares, aux abords du périphérique.

Ce que je cherche, je ne le sais pas très bien, ce pays est trop neuf. Je crois que je veux juste trouver ceux qui sont dans la même situation que moi, comprendre comment nous allons vivre, comment nous nous en sortirons. À vous, je ne peux pas tout dire, avec vous, je ne peux pas tout partager, Patricia.

Un jour, il y a une panne de métro et je ne parviens pas à rentrer pour dix-huit heures. Quand je pousse la porte, vous êtes assise sur le canapé, livide. Je ne peux pas faire ça. Vous me représentez tous les efforts, toute l'énergie, tout l'argent que vous m'avez consacrés. Et si, par mon inconscience, nous allions tout perdre ? Je jure que c'est la première fois, je reviens juste du bar-tabac. Vous dites que cela ne peut se reproduire. Une colère sourde monte en moi. Je pourrais briser quelque chose, prononcer des mots irréparables. Mais je me retiens. Je dis que ce n'est pas une vie. Je vous dois tout mais il faut vivre. Vous avez beau pleurer, je ne cède pas.

À partir de ce jour-là, le matin, nous partons en même temps, vous pour la bibliothèque, moi, vers le parking du Batkor, où l'on vient chercher les gens comme moi qui ont besoin de travail. Plafonnage, peinture, chargement, déchargement, plomberie. Une voiture s'arrête, un homme te fait signe, tu montes. On paie à la journée. C'est là que je croise Amid, de Guinée-Conakry. Il est arrivé en France il y a dix ans. Depuis dix ans, toujours la même chose. Il dit : « Tu as de la chance, Jean Iritimbi, tu t'en sortiras. Un Noir aimé d'une Blanche est verni. » Un soir où le Togolais refuse de me payer, je veux me battre, Amid murmure : « Laisse tomber, Jean Iritimbi, ici, il n'est pas bon d'avoir raison. » Grâce à lui, j'évite les coups de couteau.

Certains après-midi, je retourne au casino, moins souvent, j'ai peur d'attirer l'attention, que vous vous demandiez ce que je fais de tout cet argent que je gagne et que je ne partage pas. J'y retourne six fois en quatre mois, six fois, ce n'est pas grand-chose et, là encore, je gagne, je m'enhardis, je crois que le ciel est avec moi, j'ignore qu'il peut s'effondrer d'un coup sur nos têtes.

À Paris, les saveurs de mon pays me manquent, les odeurs, le goût, les sons. J'ai besoin de passer du temps avec les miens. Je recherche les associations centrafricaines. Il y en a une dans le quatorzième, Fleurs de Bangui. On y fait de la couture, de la danse, de la musique, et parfois, le midi, on y cuisine. Ces jours-là, je ne vais pas travailler. C'est autour d'un poulet au koko et à la banane que je rencontre Romaric Ouayo, qui vit à Sartrouville et qui a des papiers. C'est là que nous devenons amis. Je sais que vous l'avez eu au téléphone, Patricia, il me l'a dit. Romaric me parle de sa sœur, Solange, restée à Bangui. Son rêve le plus cher est de le rejoindre à Paris.

Chaque semaine, j'envoie de l'argent à mes femmes, c'est comme cela que je les appelle, Christine, Myriam et Vanessa. Mes filles ne sont plus des enfants à présent, elles ont grandi, comme elles ont grandi, je regarde les photos et je suis émerveillé, tellement émerveillé, c'est si dur à dire à présent, et, chaque jour, j'imagine ce qu'elles font avec l'argent que je leur envoie, acheter un frigo, prendre un meilleur logement, payer une voiture, et cette rêverie me remplit de joie, j'imagine ce qu'elles peuvent manger, et les robes, et les nouveaux matelas, et nous nous téléphonons plus souvent et elles la posent à nouveau la question, cette question qui me faisait tant souffrir quand je ne l'entendais plus : « Quand serons-nous enfin réunis ? » Et je ne réponds pas, je ne réponds jamais, jusqu'au matin où Christine me dit qu'avec l'argent elles n'ont pas acheté de frigo, ni de sèche-cheveux, ni de lave-linge, tout ce qui facilite tellement la vie là-bas, mais qu'elles ont tout donné à Mouss, qui connaît quelqu'un qui connaît quelqu'un qui sait comment les faire venir en France.

Tout devient opaque. Je crie : « Tu ne peux pas faire ça, Christine, tout cet argent, des milliers de dollars, tu te rends compte ! La vie en France est dure. Il faut rester au pays. » Mais Christine ne veut rien entendre. J'ai beau jeu de parler de souffrance, moi qui suis parti il y a si longtemps, qui les ai abandonnées à cette vie. « Te représentes-tu comment c'est, ici ? Comment crois-tu que nous avons tenu toutes ces années ? Et ma vie, y as-tu pensé ? Toutes ces années de ma vie de femme, j'étais jeune quand tu es parti, et maintenant j'ai près de quarante ans, tout cela en pure perte, Jean Iritimbi, les plus belles années de mon existence, une vie d'esclave et de peur. Et ces enfants que nous voulions et la maison et tous nos rêves ? La vie est dure à présent, si dure, ici. Les tirs, les routes coupées, les barrages. Un jour, les milices viendront chercher nos filles, comme ils sont venus emmener les enfants des voisins. Nous ne pouvons plus rester ici. Si tu ne veux plus de moi, dis-le. S'il y a une autre femme, dis-le, Jean Iritimbi. Quoi qu'il arrive, nous partons. »

Je ne pouvais pas prononcer votre nom. Tout ce que j'avais fait, c'était pour elle et nos deux petites. Bien sûr, ce n'était plus le projet que nous avions formé, j'avais changé durant toutes ces années, je n'étais plus le Jean Iritimbi qui disait : « J'ai la force, j'y arriverai » — ce que je n'avais jamais imaginé, je ne soupçonnais pas que je pourrais me transformer ainsi —, mais celui qui savait à présent comment c'était la vie, la vie des Blancs qui paraît si douce quand on se trouve au pays, mais terrible quand on la vit de l'intérieur, tout ce que Christine ne pouvait pas comprendre, alors j'ai répondu qu'il n'y avait personne d'autre. « Que vas-tu imaginer là, Christine ! » Et j'ai dit que oui, « oui, venez, je vous attends mais prenez des renseignements, des garanties, Christine, le voyage vers l'Europe, c'est quelque chose, tu dois être sûre de ceux avec lesquels tu voyages, à qui tu vas remettre l'argent, ce serait terrible de tout perdre ». Je croyais que cela me donnerait quelques semaines de répit. Quelques semaines pour tout arranger. Je ne sais ce que j'imaginais, j'étais comme une souris qui croit qu'elle va s'en sortir devant la gueule béante du chat, je me persuadais que, quelque part, avec un peu de chance, tout serait possible : les accueillir en France, leur trouver un logement, les voir, leur payer des études, les nourrir, vous dissimuler tout, passer du temps avec vous, vivre avec vous, être aimé de vous.

Je devenais irritable. La moindre contrariété et j'explosais. Vous ne me reconnaissiez plus. Vous cherchiez à savoir. Je répondais qu'il n'y avait rien. Je vous haïssais d'être celle que vous étiez et, en même temps, celle grâce à qui tout pouvait survenir, je maudissais les Blancs, je vous le disais, j'étais heureux de vous blesser, mais la nuit je ne pouvais me passer de vous, de votre corps, nos traversées me calmaient, me vidaient avant la reprise des hostilités.

Vous avez parlé de partir en week-end. Vous avez proposé Trouville où, enfant, vous vous rendiez avec votre mère. Je ne voulais pas de ce week-end, je ne voulais pas partir, j'ai dit que je devais gagner de l'argent. Vous avez répondu que le travail n'est pas tout dans la vie, que le temps file et qu'il est important de passer des moments de qualité. Vous n'aviez plus que ce mot à la bouche depuis quelques jours, les « moments de qualité », une idée de Blanc, je me disais. Vous avez crié que ce n'était pas comme ça que vous vouliez vivre et j'ai senti que vous pouviez me demander de quitter l'appartement. Pour la première fois, je l'ai senti et j'ai dit oui pour Trouville.

Ce soir-là, avant de partir, mon portable a sonné. Vous avez eu l'air étonnée. Vous pensiez qu'il n'y avait que vous dans ma vie. C'était un numéro de mon pays. Je me suis enfermé dans la salle de bains. Ma nièce, Sheila, avait besoin d'argent; son dernier, Django, faisait une crise de malaria, il fallait l'emmener à l'hôpital. J'ai promis que j'enverrais ce qu'il fallait. Elle a ajouté qu'elle pensait bien à Christine, Myriam et Vanessa. Pourquoi? « Elles ont quitté Bangui avec Mouss. Dans quelques jours, elles seront près de toi, à Paris. » J'ai appelé Christine sur son portable. J'étais furieux. Elles approchaient de la frontière centrafricaine, elles étaient dans un camion, la communication était mauvaise. Elles auraient dû partir la semaine suivante mais, au dernier moment, quelque chose avait changé, je n'ai pas bien compris quoi, elles avaient voulu me prévenir, mais tout s'était décidé tellement vite, « De toute façon, tu étais d'accord », m'a dit Christine. Tout allait bien, je ne devais pas m'inquiéter. Elles se trouvaient dans le même groupe que Solange, la sœur de Romaric Ouayo, le voyage allait prendre trois ou quatre jours, cela dépendrait du bateau. « Si la mer est mauvaise, à Tripoli, on devra attendre, mais au plus tard mardi, nous serons réunis. » J'ai raccroché. Je suis sorti de la salle de bains. Vous aviez dû entendre mes éclats de voix. Vous avez posé des questions. J'ai dit : « Ma nièce, Sheila, celle qui travaille à l'hôtel, a un souci avec son gamin. » Vous avez demandé si c'était grave. J'ai répondu que je devais envoyer de l'argent et je suis sorti.

J'étais heureux de savoir que j'allais les revoir, surtout les petites. Parce que ce sont les miennes. Christine, je ne savais pas. Christine, je verrais. Mais les petites, ces petites, devenues si grandes, elles m'avaient manqué durant toutes ces années. Et j'avais peur. Peur du voyage. Peur de ce qui arrive aux femmes qui quittent leur pays. Je ne savais comment faire, où les loger, où les accueillir, et j'ai appelé Romaric, il m'a rejoint dans le bar-tabac sur le boulevard et m'a parlé de Driss, un Malien, qui avait de quoi loger du monde pour trois fois rien, dans une maison, à Cergy-Pontoise. « Je l'appelle pour toi », il m'a dit. Et j'ai répondu oui.

Le lendemain, nous sommes partis pour Trouville. Mon pays est enserré dans les terres. Je n'avais jamais vu la mer. Nous avons garé la voiture, vous m'avez proposé de déposer les bagages à la petite pension de famille où vous alliez toujours, j'ai demandé, avant toute chose, de la voir. Nous avons descendu la rue, j'ai senti quelque chose de différent, pas comme à Paris, et, au détour de la digue, je l'ai vue, grise et pâle et loin, mais c'était elle, la mer, dont j'avais entendu parler dans les livres, l'effet que cela fait et ce n'était pas du tout ce que j'imaginais, une sensation forte, une explosion de joie, plutôt un vertige, quelque chose qui se défait, insensiblement. Je vous ai pris le bras, il fallait que je m'appuie sur quelqu'un, et nous avons marché le long de l'eau, dans le vent, je pensais que, bientôt, elles arriveraient à Tripoli, je me disais, nous aurons connu la mer en même temps.

Elles ne peuvent pas appeler, mais, moi, je le peux, je téléphone chaque soir quand vous vous apprêtez dans la salle de bains, je téléphone pour prendre des nouvelles, je sens qu'elles ne disent pas tout, mes femmes, elles ne peuvent pas, elles qui sont rarement seules. Parfois j'entends des cris, des disputes, un bruit assourdissant. Elles disent que ça va, mais je n'en suis pas sûr, il y a de l'inquiétude au fond de leurs voix et, tout à coup, je comprends qu'elles sont en train de devenir comme moi, mes femmes, c'est bien plus qu'un continent que l'on traverse, c'est quelque chose d'invisible qui nous transforme et nous laisse sur le qui-vive, à ne plus faire confiance à personne. Un soir, elles attendent dans le désert, interminablement, un jour, deux jours, le passeur a disparu, il les a revendues à d'autres, il faut payer à nouveau, si tu ne paies pas, on te laisse là, tu peux crever, heureusement, elles ont encore de l'argent, mon argent, elles en ont, et, au téléphone, je me félicite de toutes ces mises, de tous ces gains, et cela repart, c'est reparti, elles arrivent à Tripoli, le dernier soir, elles me disent que c'est fait, elles sont de l'autre côté de l'eau, tout près, à l'aube, elles prendront le *Milena*, et dans quelques heures, nous serons tous les quatre réunis, à Marseille.

Je ne sais plus ce que nous avons fait à Trouville, Patricia. Je ne me souviens plus. J'ai beau vous répondre, vous prendre la main, vous faire l'amour, je ne suis plus là. Et depuis que je sais qu'elles vont arriver, quelque chose se troue au fond de ma poitrine, l'air s'engouffre, ce sont les miennes, vous comprenez. Je pense : « Elles auront traversé la moitié d'un continent et, à Marseille, il n'y aura personne. » Il n'y avait personne pour m'accueillir à Montréal. Tu mets le pied dans un endroit que tu ne connais pas, un endroit qui ne t'attend pas, un endroit pour lequel tu as tout abandonné et où il faudra, malgré tout, contre tout, faire ta vie. Après ce dernier coup de téléphone, quand vous sortez de la salle de bains, je dis : « Je devrais rentrer à Paris. » Vous demandez ce qu'il pourrait y avoir de si urgent. Je ne peux rien expliquer. Vous insistez et je ne sais comment m'en sortir. Vous pouvez me quitter, vous me l'avez dit. Sans vous, tout s'écroule. Alors je murmure que cela ira, je vais rester et nous allons nous coucher. Cette nuit-là, je ne trouve pas le sommeil. Cette nuit-là, je ne vous touche pas.

Nous marchons sur la digue, comme chaque jour. Vous êtes en train de me parler sûrement, de me raconter quelque chose qui se fond dans le bruit de la foule, et, tout à coup, cette petite fille en trottinette s'écroule à nos pieds. Elle sanglote, la mère arrive en courant, et j'ai l'idée de passer à la pharmacie — j'en ai vu une, en face du casino — y acheter du désinfectant. Je ne pense à rien à ce moment-là, juste trouver un peu de solitude, de silence, échapper à votre conversation, à vos questions auxquelles je ne peux répondre. Vous demandez si j'ai suffisamment d'argent. Je réponds que j'ai ce qu'il faut. Dans ma pochette se trouve ce qu'il me reste, deux mille euros au cas où, et je cours vers la pharmacie, je n'ai rien prémédité, sauf que, le matin, quand vous preniez votre douche, j'ai sorti la clef de voiture de votre trousseau et l'ai glissée dans ma poche, comme cela à tout hasard, et je fais la queue à la pharmacie, je raconte la chute de la petite fille et la pharmacienne me conseille d'acheter de l'iso-Betadine et des pansements, je paie et, quand elle me lance : « C'est important qu'ils se sentent entourés, les enfants », je vois les miennes, dont j'ai retiré la photo de mon portefeuille, leurs sourires qui se trouvent maintenant dans ma pochette, contre mon ventre, pour que vous ne vous doutiez de rien, Patricia, et je pense que non, je ne peux pas faire cela, marcher au bord de l'eau en écoutant vos souvenirs tandis qu'elles arrivent au port de Marseille, je les imagine des heures à guetter la moindre silhouette. Alors je ne réfléchis plus, je ne pense plus, et, en sortant de la pharmacie, au lieu de tourner à gauche, je prends à droite, mes pas me dirigent vers la voiture, j'ouvre la portière, je la referme et puis je démarre.

Quand tu pars, tu pars. Au bout de vingt minutes, je pense que je commets une erreur, je devrais faire demi-tour, je vous imagine, au bord de la digue, avec la mère et l'enfant, vous avez épuisé tous les sujets de conversation, la petite est repartie sur sa trottinette, vous cherchez les mille et une raisons qui justifient mon retard, la mère s'impatiente, finalement vous la libérez en disant que du désinfectant on en a toujours besoin. Je me rassure : « Tu roules jusqu'à Marseille, Jean Iritimbi, tu rejoins tes femmes, tu les conduis à Cergy-Pontoise et tu reviens à Trouville. Tu trouveras bien quelque chose à raconter à Patricia. » La route n'est pas aussi simple que je l'imagine. Votre GPS, je n'y comprends rien. Quand je vous regardais, cela semblait simple, là, un vrai mystère. Je ne connais pas la France, je n'ai aucun instinct, à Tours, je prends malencontreusement la direction de Bordeaux, il me faut cinquante kilomètres pour comprendre mon erreur, revenir en arrière, j'ai peur de ne pas arriver à temps, je laisse un message à Christine, je tombe sur la messagerie, je ne m'inquiète pas encore, sa batterie doit être déchargée, je me souviens qu'elle racontait qu'il n'était pas facile de trouver du courant dans le désert, c'était un vrai combat pour un peu d'électricité, une négociation pour mettre sa carte sim dans un autre téléphone, je reste confiant, « tout ira bien, Jean Iritimbi », Romaric est, lui aussi, arrivé par bateau, et Youri et Jesus et Youssef, nous sommes si près du but, le paysage se transforme à mesure que je descends vers le sud, et l'air et les odeurs, quelque chose que je commence à reconnaître, mais cela se bloque à l'intérieur, je ne sais pourquoi, je n'arrive plus à respirer.

Le soir, je débarque à Marseille. Messagerie toujours coupée. J'attends près du port, j'attends qu'elles me contactent. Nous avions convenu qu'elles appelleraient une fois sur le sol français pour m'avertir de l'endroit exact de leur arrivée. Vous n'arrêtez pas de me téléphoner. Je ne décroche pas. J'efface vos messages sans même les écouter. Si je les écoute, je ne pourrai plus avancer. J'appelle une nouvelle fois Christine, rien. Je téléphone à Romaric Ouayo, lui aussi est sans nouvelles. Je fume cigarette sur cigarette. À onze heures du soir, je me décide à réserver une chambre, impossible d'y trouver le sommeil, alors, je me rends au casino d'Aix-en-Provence. Un très beau casino. Ce soir-là, je ne parviens pas à me concentrer et je suis éliminé au bout de deux heures. Comme si la chance m'avait quitté, montrant enfin son vrai visage. Par la suite, mes gains seront quasi nuls, je jouerai à six reprises, Patricia, pour un total de cent cinquante-deux euros.

Cette première nuit, votre corps me manque, Patricia. C'est comme un arrachement. Je me demande comment je pourrai vivre à présent. Je pressens que tout est fini. Nous ne serons plus jamais deux, bientôt il y aura Christine, Myriam et Vanessa. Cette première nuit, à Marseille, je me demande comment je retrouverai ma femme. Cela fait plus de dix ans que je suis parti et je n'ai connu que le corps des Blancs, leur vie différente. Je ne suis plus celui que j'étais, je suis devenu un étranger.

Une deuxième journée d'attente interminable, je me dirige vers le port et je demande si on n'a rien appris au sujet du *Milena*, je n'ose interroger les autorités portuaires ou la police, dans ma situation, c'est tenter le démon. Je m'approche de ceux qui chargent et déchargent, je montre une cigarette, je demande du feu et je pose mes questions ; ou je fais mine de chercher mon chemin, j'entre dans un café, et, au détour d'une conversation, je demande si personne n'a rien entendu pour le *Milena*. Mais personne ne sait rien. C'est le jour suivant qu'une serveuse me conseille de chercher sur le Net, et après quelques clics, je tombe sur une page en italien, où je peux lire plusieurs fois le nom *Milena*, c'est un article qui date de la veille, mais je ne parle pas italien, alors, je sors du café et j'arrête les passants : « C'est urgent, j'ai perdu ma femme et mes filles, j'ai besoin d'aide, vous comprenez. » Au bout de quelques minutes, une femme, une mère de famille tenant la main d'un petit garçon, répond que « oui, oui, je suis née à Rome, j'ai un peu de temps si cela peut vous aider », et entre avec moi dans le café.

Je vois tout de suite que quelque chose ne tourne pas rond. La femme demande au petit garçon de sortir et de l'attendre devant le café. Elle relit l'article puis se tourne vers moi : « Monsieur, asseyez-vous. Vous voulez boire quelque chose? » Ma gorge est sèche mais je n'ai pas soif. « Monsieur, il y a eu, comment dire... » Elle dit qu'ils étaient trois cents et que quarante seulement, quarante ont survécu. « Cela fait beaucoup », je dis. Je demande où sont les survivants. « Le bateau qui les a repêchés les a emmenés à Montanezza. » Montanezza? « Au sud de l'Italie. En Sicile, monsieur. » Je ne mesure plus le temps qui s'écoule à partir de ce moment. La femme et le petit garçon restent avec moi. Quand j'appelle Romaric Ouayo, quand je dis qu'elles ne sont pas arrivées à Marseille, quand je répète qu'il y a eu un problème avec le bateau, quand je murmure que je ne sais pas mais qu'il ne faut pas perdre espoir, quand je marche dans la ville, quand je retourne à la voiture, ils sont là. Je me souviens que le petit agite la main et la femme crie : « Courage, courage, Jean Iritimbi ! »

Je passe la frontière italienne, je ne comprends pas tout de suite que c'est la frontière, il n'y a pas de gardes, personne pour me demander d'arrêter la voiture, d'attendre sur le bas-côté, tout fouiller de fond en comble. Les frontières des Blancs sont si belles, Patricia, c'est ce que je me dis quand je comprends que je l'ai traversée depuis plusieurs kilomètres déjà, et je ne sais pas où sont les miennes, et je descends plus au sud, toujours, c'est un vrai casse-tête, il y a des travaux, des déviations, je me perds, je m'éloigne, je m'arrête, je fais demi-tour, je rejoins l'autoroute. Je progresse si lentement et la fatigue me tombe dessus, celle des émotions et de ma partie de poker. Je m'arrête parfois pour fermer les yeux quelques minutes sur un parking, mais il fait si chaud dans la voiture et je veux être en forme pour la route du retour, j'implore le ciel qu'il y ait une route du retour.

Et durant tout ce temps où je roule vers plus de chaleur, cette chaleur qui me rappelle celle de mon pays, je me demande comment j'ai pu vivre toutes ces années sans elles et les images me reviennent, des moments auxquels je ne pensais plus depuis des années : la première fois que j'aperçois Christine, à la fête de mariage de mon cousin Basile, à Bangassou. Elle a seize ans, moi, vingt-deux. C'est une amie de la jeune épousée. Elle est là, au milieu d'un groupe de filles, elles doivent être cinq ou six, mais je ne vois qu'elle qui les dépasse toutes d'une demi-tête. Il n'y a qu'elle avec ce regard, cette moue un peu boudeuse, ce rire trop fort, sa manière d'onduler des hanches sur la musique. Je m'approche, j'engage la conversation, elle bâille au bout de quelques secondes et retourne danser. Je la suis des yeux dans son boubou vert, sauvage. Je me jure qu'elle sera à moi.

J'ai retapé une mobylette. J'ai demandé à la femme de mon cousin l'adresse de Christine. Je l'attends le matin sur le chemin de l'école : « Je te conduis, si tu veux. » Elle me rembarre, mais je reviens tous les jours, je sais qu'elle cédera, la constance finit toujours par payer. Et un matin, elle monte sur ma mobylette, un matin, je sens ses mains qui se posent sur mon ventre et sa joie quand je prends de la vitesse et que nous dépassons tout le monde, sa fierté quand elle descend devant les autres. Après je la conduis tous les jours, et un soir, sous les bananiers derrière sa maison, je l'embrasse pour la première fois, elle vient de boire du jus de mangue et son baiser a un goût sucré et chaud. Avant Christine, je n'étais jamais vraiment tombé amoureux.

Quand elle a fini l'école, nous nous marions et nous installons ensemble. Nous n'avons pas assez pour des études. Christine trouve du travail de couture, elle est habile, même si elle aime la littérature. Elle aurait aimé la littérature.

Les enfants ne viennent pas tout de suite. La première grossesse de Christine arrive seulement cinq années plus tard, et encore, notre petit, Jacky, nous le perdons à la naissance, heureusement, nous sauvons Christine. Deux ans plus tard, c'est Myriam. Je revois la nuit de sa naissance, où j'attends dehors, et j'entends les cris de Christine entourée des femmes, et je bois pour me calmer, pour ne pas être gagné par l'angoisse, celle de les perdre, et tout à coup j'entends les pleurs, des petits pleurs aigus, et je me précipite, et elles sont là, toutes les deux, épuisées mais vivantes, je suis le père le plus heureux du monde, et je serre cette petite plume dans mes bras, elle gigote, vigoureuse déjà, et je pense que la vie est belle. Quatre ans plus tard, c'est Vanessa, si frêle, et je retrouve la peur, mais non, elle est plus robuste qu'il n'y paraît, Vanessa, qui au fil des jours se met à ressembler de plus en plus à ma mère. Quand je pars pour le Canada, Vanessa marche seulement depuis quelques mois et je me souviens de sa main qui s'agite quand la voiture s'éloigne.

Je m'arrête un peu plus bas que Pise, à Lucca, dans une petite auberge. Je téléphone à Romaric Ouayo, je dis : « Je suis en route pour Montanezza, j'arriverai demain, je saurai. » Il m'apprend qu'Amid l'a appelé parce qu'il a eu un contact avec vous, Patricia. Vous êtes rentrée à Paris, vous remuez ciel et terre pour me trouver, vous êtes même allée sur le parking du Batkor, vous y avez interrogé les hommes, jusqu'au Togolais qui a pris peur, qui a cru que vous veniez chercher l'argent qu'il me devait, que vous alliez appeler la police, alors il a pointé un couteau sous votre gorge et a menacé de vous arranger le portrait. Amid vous a dit qu'il ne savait rien, qu'il ne m'avait plus vu depuis des semaines, mais vous n'avez pas eu l'air de le croire. « Qu'est-ce qu'on lui dit à ta femme blanche si elle continue à poser des questions ? » demande Romaric. « Rien, je dis, rien, je réglerai tout cela à mon retour. »

À Lucca, seul dans ma chambre, je n'arrive pas à trouver le sommeil, je compose votre numéro en masquant le mien, j'ai besoin de vous entendre, mais quand surgit votre voix de l'autre côté, votre voix qui espère et qui attend, je raccroche aussitôt. Je descends dans le petit salon, une femme d'une soixantaine d'années feuillette une revue sur le canapé en cuir, j'engage la conversation, elle vient de Poitiers, c'est la première fois qu'elle se rend à Pise, nous parlons longuement, elle me raconte la mort de son mari, ses enfants devenus grands, il est quatre heures du matin, je sais qu'il me faudra remonter dans ma chambre, cela me paraît au-dessus de mes forces, je demande si je peux l'accompagner dans la sienne, elle refuse, elle n'a connu personne depuis la mort de son mari, je dis dormir, juste dormir, et, peu à peu, je commence à raconter, expliquer ce qui m'arrive. Au petit matin, je monte dans la voiture, je descends au bout de la terre, tout au bout, et la peur ne me quitte plus, j'arrive à Villa San Giovanni, je prends le ferry, durant la traversée, j'observe les familles, je regarde les mères avec les enfants, les pères aussi, les mains qui se cherchent, les petits qui s'endorment au creux des bras et je pense que tout cela est un trésor, un trésor que j'ai laissé derrière moi, si j'avais su, si j'avais su, comme j'espère n'avoir pas tout perdu.

Il fait de plus en plus bleu, de plus en plus cuisant, mais je roule toujours, je continue, je m'arrête juste pour acheter de l'eau et je repars, de faim je n'en ai plus depuis que j'ai quitté Marseille. Et j'arrive à Montanezza, couleur de sable. Je gare la voiture. Bientôt je saurai. Bientôt il n'y aura plus d'espérance. J'aimerais revenir en arrière, quand tout était encore possible, en arrière, quand je marchais avec vous, Patricia, en arrière, dans les vapeurs du Niagara.

J'entre dans une trattoria, personne ne parle français ni anglais. Je fais des gestes, j'essaie d'expliquer — migrants, bateau, mer — et finalement un homme me dit : « Centro, centro », je réponds non, « migrants », et je mime un bateau qui coule, et l'homme répète « centro, centro », alors je comprends qu'il parle du centre qui accueille les réfugiés. Celui-ci se trouve un peu en dehors de la ville. « Facile, facile », me dit l'homme et je me mets en route. J'ai peine à poser un pied devant l'autre sur le chemin asphalté quand je sors de la voiture. Avancer, avancer toujours comme je n'ai cessé de le faire durant ces années, mais avancer pour quoi ? Vers tout ce que l'on perd, vers tout ce qui s'effondre ? Quel sens a-t-elle encore, ma vie ?

Je me présente à la grille. De l'autre côté, des chiens, des *carabinieri*. Ils ne me remarquent pas tout de suite, je dois crier. Un militaire s'approche. Je me présente, je sors les photos de ma pochette, j'explique, en français, que je cherche ma femme et mes deux filles, Christine, quarante ans, Myriam, seize ans, et Vanessa, douze. Je montre mes papiers centrafricains. Il fait la grimace, je recommence en anglais, nouvelle grimace, il s'en va en me faisant signe de rester là. J'attends sous un soleil de plomb. Au loin, j'aperçois les réfugiés en survêtement, et j'espère qu'elles sont là, les miennes, à quelques pas de moi. Le militaire revient, accompagné d'une femme, qui travaille en cuisine mais a vécu en Angleterre durant des années. « Je m'appelle Lucy. Je n'ai plus parlé anglais depuis longtemps. » J'explique à nouveau l'objet de ma visite, Lucy traduit et le militaire ouvre la grille.

Lucy me conduit dans un petit bureau où se tient un *carabiniere*. Lucy échange quelques mots avec lui, alors il fait une recherche dans son ordinateur. « Les noms et les photos de toutes les personnes passées par le centre sont consignés ici », murmure Lucy. « Quand pensez-vous que votre femme et vos enfants ont pu arriver ? » Je réponds : « Il y a cinq jours. » Je me poste derrière le *carabiniere* et, sur l'écran, nous reculons d'une semaine. Il y en a des noms et des noms, des visages, des dates de naissance et des nationalités : « On voit tellement de gens arriver ici, cinq cents hier encore, vous n'imaginez pas, tous les jours des arrivées, tous les jours des départs. » Et nous tombons sur une

Christine, un instant, je nous crois sauvés, que c'est elle, ma femme, mais cette Christine-là, âgée de vingt-deux ans, est arrivée du Congo avec un bébé de deux mois. Et quand toutes les pages sont tournées, les noms égrenés et que nous n'avons trouvé personne, il faut que je m'asseye. Il fait si chaud dans ce bureau. Lucy pose sa main sur mon épaule : « Peut-être qu'elles ne sont pas à Montanezza mais ailleurs, quelque part en Italie. Peut-être que tous les rescapés du *Milena* n'ont pas été envoyés ici. » Je regarde le *carabiniere*. « Où sont-elles alors ? » Personne ne peut le dire. Il n'y a pas d'ordinateur centralisé. « Il faut aller à Rome ; à Rome, ils sauront si elles sont mortes, monsieur, par l'ADN, à la police scientifique, on peut savoir. » Mais si elles ne sont pas mortes ? « Êtes-vous sûr qu'elles sont montées sur le bateau ? » Comment savoir ? Je dis que j'ai traversé toute la France et toute l'Italie, je n'en peux plus, le *carabiniere* semble réfléchir, il me demande d'attendre un instant dans le bureau et sort.

Le temps paraît interminable, tout me paraît interminable depuis que je vous ai quittée, Patricia, rien ne passe, rien ne finit jamais, c'est comme un long tunnel, et lorsque le *carabiniere* revient, il adresse quelques mots à Lucy qui me les traduit. « Logiquement, ce qu'il va faire, il ne peut pas, personne ne peut entrer dans les bâtiments d'accueil sans autorisation, mais ici, il y a beaucoup de choses qu'on fait quand même. Une enfant d'à peu près l'âge de votre plus jeune fille est arrivée ici il y a cinq jours. Elle ne dit pas un mot, elle refuse de s'alimenter. Comme nous ne savons rien d'elle, son nom n'est pas répertorié. Le *carabiniere* propose que vous le suiviez à l'infirmerie. On ne sait jamais. »

Nous traversons le centre, je m'aperçois qu'il est beaucoup plus grand que ce que j'imaginais, tout en longueur, et je les vois, à présent, ceux qui ont traversé la mer, assis par terre, dans la poussière, ou sur des matelas de mousse, certains parlent avec animation, d'autres semblent prostrés, repliés sur eux-mêmes, quelques-uns font des pompes, des abdos, d'autres des tractions à une balustrade, histoire de se maintenir en forme, certains chantent ou écoutent de la musique sur leur téléphone, et nous passons devant plusieurs baraquements, des dortoirs, j'imagine, la cuisine, un réfectoire, le local des douches, que je reconnais aux serviettes qui sèchent sur les marches et au bruit de l'eau qui coule, et puis nous arrivons devant la porte de l'infirmerie.

Il y a une quinzaine de lits, tous occupés, le *carabiniere* me la désigne du doigt, elle est là, tout au fond, recroquevillée, comme un bébé, et je ne la reconnais pas tout de suite. Non, Patricia, quand je l'ai vue, je ne l'ai pas reconnue. Oui, ses traits me sont familiers, oui, elle ressemble à ma mère et à la photo dans ma pochette, mais, Patricia, son regard n'est plus le même, il y a quelque chose autour de la bouche, un pli que je ne voyais pas sur les clichés que m'avait envoyés Christine, et quand son regard croise le mien, elle ne réagit pas, mais me regarde fixement, il y a quelque chose de tellement éloigné de ce que j'imaginais, des retrouvailles inespérées d'un père et sa fille après toutes ces années, d'un père et sa fille après la catastrophe, qu'il me faut quelques secondes pour dire que oui, oui, c'est Vanessa. « Cette enfant-là, c'est ma fille, Dieu soit loué. »

Je veux la serrer dans mes bras, je suis heureux, si heureux de n'avoir pas tout perdu et, à la fois, effrayé, Patricia, effrayé par ce que je vois. Vanessa se laisse faire, docile, comme si elle somnolait, comme si elle tolérait mon affection, rien de plus. Et nous sortons de l'infirmerie, et nous revenons dans le petit bureau et nous inscrivons son nom sur le registre, et je donne votre adresse pour la procédure de demande d'asile, Patricia, et nous revenons à la voiture, nous roulons vers le port et nous prenons cette chambre au bar-hôtel Le Maestrale.

J'espérais que vous aviez déclaré le vol de votre voiture à la police. Je la gare sur l'emplacement du marché, je pose un mot sur le tableau de bord. Le lendemain, je vois qu'elle a été dépannée et j'attends. J'attends trois jours et vous arrivez.

Vous avez des raisons d'être en colère, Patricia. Mais tout ce que je vous ai dit est vrai. L'amour, la chance que j'avais avec vous. Je ne pouvais vous appartenir. Je n'appartenais à personne. Pas même à moi. Avant vous, je détestais les Blancs. Je croyais qu'ils ne font que posséder, qu'ils ne s'inquiètent de personne. Aujourd'hui, je ne peux plus penser cela. J'ai croisé votre route, Patricia. Vous avez fait pour moi des choses que personne d'autre n'aurait faites, pris des risques que personne d'autre n'aurait pris. Vous avez accepté d'attacher votre existence blanche à la mienne.

Il faut que je les trouve, Patricia. Christine et Myriam, je dois savoir ce qu'elles sont devenues. J'irai à Rome. Et si à Rome on ne sait rien, j'irai ailleurs. Je ne peux pas laisser cela comme ça. J'irai jusqu'au bout, je les chercherai sans relâche, dans les îles et ailleurs, je les ramènerai si elles sont vivantes, je sais que les chances sont infimes, minuscules, il faudrait un miracle pour qu'elles soient encore en vie, un bateau de pêcheur qui modifie sa trajectoire, une planche de salut, un rocher, un hors-bord, mais les miracles, ça existe, pourquoi penser d'emblée que c'est impossible pour les Centrafricains. Et si elles sont mortes, il faut que je trouve leurs dépouilles, j'irai sur les plages, au fond de la mer, dans les fosses communes, et je les ramènerai au pays, je les ensevelirai dans la terre de nos ancêtres. Elles ne peuvent finir comme des âmes errantes. Dans la famille de Christine, on croyait que les âmes des morts qui avaient reçu une sépulture digne venaient habiter le corps des panthères, pour moi ce n'était qu'une superstition, pas pour Christine. Elle rêvait de devenir une panthère. Si je n'ai pu lui offrir une vie digne, que sa sépulture au moins le soit.

C'est à cause de mon orgueil, ce mirage, ce rêve d'une vie meilleure, Patricia, qu'elles ont tout quitté. Je me suis trompé, cruellement trompé. J'ai sacrifié ce que j'avais de plus cher. J'ai cru à la baraka, Patricia, une baraka qui n'existe pas pour les Noirs, pas pour nous. Je me suis cru plus malin et plus fort et j'ai entraîné les miennes vers un désastre.

Mais la petite, je ne peux pas la prendre. La petite, ce ne serait pas bon pour elle. Elle n'est plus en état de voyager. Il faut quelqu'un pour la protéger, l'aider à grandir, lui donner une vie qui vaille le prix de sa traversée. Vous le pouvez, Patricia. Durant ces trois jours, j'y ai longuement réfléchi. Je n'ai plus rien. Ni force, ni espérance. Ne dites pas non, Patricia. Rien ne vous résiste. Quand vous désirez quelque chose, vous l'obtenez. Si vous prenez Vanessa avec vous, tout ira bien. Vous avez plus à lui donner que moi. Prenez-la, Patricia, je vous la confie, comme la dernière chose qui me relie au monde. Cela ne lui fera pas de mal d'être séparée de moi, je suis devenu un étranger. Elle n'a aucun souvenir avec moi. Je ne lui manquerai pas. Et quand ce sera fini, je reviendrai. Je ferai tout pour revenir. Je me battrai. Mais je ne peux rien promettre. J'ai déjà promis une fois et regardez. La vie éloigne, détourne, désespère, vous le savez comme moi. Emmenez-la, Patricia. Emmenez-la avec vous, celle qui me reste, je vous en supplie. Elle est mon bien le plus précieux. C'est une enfant, Patricia. Une enfant qui n'a rien demandé à personne. Vous me disiez, au Niagara, après la mort de votre mère, que vous aviez tant à donner, que vous étiez à un moment de votre vie où vous aviez tout l'espace pour vous consacrer à quelqu'un. Elle est là. Elle attend à l'étage, Patricia. Elle vous attend.

Et avant de partir, je voudrais que vous me pardonniez. Je n'imaginais pas que cela allait être comme ça, ma vie, j'ai lutté de toutes mes forces, mais c'était trop grand, trop fort, trop large. Accordez-moi votre pardon, Patricia. Je vous en supplie. Je suis un homme mort. Aux morts, on pardonne tout. Accordez-moi le pardon pour tout.

Ton père vient de partir. J'entre dans le café pour régler votre chambre. La patronne demande si tout s'est bien passé. Je baragouine quelques mots incertains : « Sì, sì, bene. » Nos vacances sont-elles finies ? Je hoche la tête, je dis : « Francia. » Elle nous souhaite un bon retour. Je remonte l'escalier aux murs lézardés. Je frappe. Tu ne réponds pas. J'entre et je suis à nouveau saisie par l'odeur de renfermé. Tu es toujours recroquevillée sur le lit, tournée vers le mur. J'hésite un instant puis m'assieds sur le lit face au tien. L'air est étouffant dans cette chambre aux fenêtres fermées. Malgré le ventilateur, tout mon corps est en nage. Je murmure : « Il est l'heure de partir, Vanessa. » Tu ne réagis pas. Je répète la phrase à deux reprises, me demandant ce qui va arriver si tu n'obtempères pas. Devrais-je te mettre debout de force, te pousser dans l'escalier, crier jusqu'à ce que tu cèdes? Je redoute d'en arriver là. Alors je décide de fermer les yeux et de compter jusqu'à cinq cents. Si, à cinq cents, tu n'as pas bougé, je prendrai une décision.

Une ombre apparaît devant mes yeux clos, obscurcissant la lumière de la fenêtre, et, quand je les rouvre, je te trouve face à moi, tête baissée, dans ton survêtement et ton tee-shirt d'adulte. Debout, tu parais plus menue. Je suis soulagée que tu te sois mise en mouvement. Je te souris, mais tu ne t'en aperçois pas. Je me lève à mon tour. Tu saisis ton petit baluchon sur la table, tu passes devant moi, tu ouvres la porte et tu descends, et ton pas sur les marches ne fait presque aucun bruit alors que mes talons résonnent étrangement. En bas, tu attends. Je t'annonce que la voiture est garée sur la droite, derrière la pompe à essence. Tu te remets à marcher sans attendre. Et je te regarde avancer, solitaire et gracile, jusqu'à la Twingo.

Tu t'installes, serrant ton sac contre toi. Le volant et les sièges sont brûlants. J'ouvre la fenêtre de mon côté. Je te propose d'en faire autant mais tu ne réagis pas. Alors je dis : « C'est comme tu veux », tandis que tu regardes obstinément la route. Avant de démarrer, je remarque que tu n'as pas attaché ta ceinture. « C'est obligatoire, Vanessa. » Mais tu ne bouges pas, tu refuses de bouger, seule ta jambe gauche tremble, et j'ai beau évoquer le danger, les accidents, les amendes, rien n'y fait. Je pourrais te forcer, t'attacher d'autorité, jouer de mon poids supérieur au tien, mais l'idée me répugne. Si nous commençons comme cela, il n'y aura bientôt aucune issue. Alors, de guerre lasse, je démarre. Nous longeons les quais, traversons la petite rue commerçante, prenons de la vitesse et, très vite, Montanezza est derrière nous, il n'y a plus que la terre brûlée de soleil, la végétation désolée et épineuse, cette lumière aveuglante vers laquelle nous progressons.

Au début, il paraît supportable, mais au bout de quelques minutes ton silence s'abat sur moi comme un orage. Et je n'entends plus que lui dans cette voiture. Est-ce une décision, ta manière de marquer ton refus face à ce qui arrive ou, au contraire, le signe de l'impossibilité, la trace tangible de la violence que tu as traversée? Je ne sais ce qui serait mieux pour nous, pour la vie que nous allons mener. Ce qui est sûr, c'est qu'en cet instant je suis incapable d'en faire quoi que ce soit. Alors je te propose d'écouter de la musique. «Il y a des CD dans la portière de ton côté. Tu veux jeter un œil?» Mais, là encore, tu restes de marbre et je dois faire sans toi. La voix de Barbara envahit l'espace. Je te demande si tu aimes cette musique, je te raconte qu'elle m'évoque une foule de souvenirs, Barbara était la chanteuse préférée de ma mère, à son enterrement, elle a insisté pour qu'on y entende « Marienbad ». Et tout à coup, je me demande comment je peux parler de la mort de ma mère à une fillette qui vient de perdre la sienne.

La route serpente entre les collines, réclamant ma concentration, et, tout à coup, le silence à nouveau. Ta main a éteint l'autoradio. Je t'interroge brièvement du regard, mais, déjà, tu t'es recroquevillée contre la portière. « Tu n'aimes pas cette musique, Vanessa ? », tu ne répondras rien, je le sais, mais je ne peux renoncer à l'espoir d'une parole entre nous. Si j'abandonne, qu'en sera-t-il de notre vie ? Et je me lance dans un babillage frénétique, peu importe ce que je raconte, je parle pour trouer le silence, c'est le fait de raconter, de te raconter qui compte, de créer le lien, une avancée entre toi qui flotte quelque part au bord du monde et moi qui tente de te retenir, alors je dis la route, le temps que cela nous prendra, qu'on fera escale à Rome, on pourrait visiter, « ce serait bien pour un début, tu ne trouves pas ? ». Je parle, je te parle, j'essaie de t'atteindre comme je peux, je veux me convaincre que tu écoutes jusqu'au moment où je remarque ta jambe qui ne tremble plus, ta main détendue sur ta cuisse, non plus crispée comme tout à l'heure, et je comprends que tu dors. C'est déjà quelque chose. Depuis combien de temps n'as-tu plus dormi? Je ne l'imagine pas. La nationale réclame toute ma vigilance, droite la plupart du temps et puis, subitement, de dangereux à-coups. L'un d'eux t'amène à changer de position, et c'est ton visage qui se tourne vers moi pour la première fois. Ton visage endormi. Détendu et fragile. Ton visage d'enfant.

Et tandis que je roule vers le nord, le souvenir de Michel envahit mon esprit. Tant d'énergie à l'oublier après qu'il a quitté nos vies sans crier gare. Et ce jour de soldes me revient, que j'avais complètement occulté, hormis la déception de ne pas en avoir rapporté les baskets promises. Est-ce la raison de mes actes depuis mon départ pour le Niagara, cette succession de causes et de conséquences? Peut-être que les morts prennent possession de nos vies bien plus qu'on ne l'imagine. Qu'à travers toi je tente, tant bien que mal, d'effacer l'ardoise et de solder son compte, si tant est que cela soit possible.

J'ai douze ans, le même âge que toi. Je le vois si peu depuis la séparation, de maigres heures planifiées à la hâte entre deux avions, deux projets, deux rencontres. Je hurle que je lui en veux, mais au fond, tout au fond, je ne fais que l'attendre. Le plus souvent, Michel m'emmène au restaurant, me pose quelques questions. Je veux lui plaire, qu'il regrette. Il y a de longs silences. Je tente de deviner ce qu'il attend. Cela me prend une énergie folle. Un dimanche soir, il appelle : « Samedi, ma puce, on ira faire les soldes. » Toute la semaine, je me sens magnétique, moi qui suis souvent seule dans la cour de récréation. Ce samedi-là, nous marchons dans la rue, Michel et moi, comme n'importe quel père et n'importe quelle fille. Je rêve de baskets mauves. Nous entrons dans une première boutique, sans succès. Nous poursuivons notre route sous le soleil, mais un homme surgit de nulle part. Un homme rougeaud, mal rasé. Il veut dire quelque chose. « Pas ici, fait Michel, pas devant la petite. » L'homme demande quand il pourra parler. « Plus tard, Giacomo, plus tard. » Il paraît avoir bu, cet homme aux gestes lourds, qui sue à présent, et je vois l'eau perler sur son visage, une sueur mauvaise, qui refuse de se rendre : « Plus tard, toujours plus tard, mais quand tu avais besoin de moi pour ton sale boulot, tu me sifflais comme un chien. Qu'aurais-tu fait si je t'avais dit plus tard ? Qu'aurais-tu dit si j'avais refusé de régler tes problèmes avec les macaques ? Alors, l'argent, je veux le voir. Quand on a fait ce que j'ai fait, c'est la moindre des choses, l'argent. » Michel pâlit : « Pas devant la petite, je t'ai dit. » Mais l'homme n'entend rien. Alors, Michel chuchote : « Viens, ma puce, on y va. » Et tandis que nous regagnons le parking en pressant le pas, les vociférations nous poursuivent. Avec des accents qui me glacent le sang. Peut-être bien que c'est vrai. Peut-être bien que cet homme à la respiration bruyante n'a plus de maison, de famille, que mon père a fait sa fortune sur son dos sans scrupules, lui a laissé « porter le chapeau », comme il dit. Nous remontons dans la voiture et nous le plantons là, cet homme qui pleure à présent, il me semble bien entendre des sanglots dans sa voix. Michel roule vite, par à-coups, j'ai peur à présent, il prend les virages à la corde, je vois ses mâchoires serrées et il me dépose sans un mot devant cette maison qui n'est plus la sienne désormais. « Alors ? demande maman, vous n'avez rien acheté ? » Michel hausse les épaules : « Insupportable, trop de monde, trop de... Je n'ai jamais aimé ça, les soldes. Tu lui trouveras ses baskets et tu me diras ce que je te dois. »

Du travail de Michel, on ne parlait jamais, même après sa disparition, pas un mot. C'était toute une histoire, à l'école, quand il fallait raconter le métier de ses parents. Pour maman, c'était simple, elle restait à la maison, mais lui, un vrai casse-tête. Je me souviens de la note dans mon cahier de textes en primaire. J'avais dit à Mlle Nathalie : « Michel va au bureau. » Michel ? Elle avait tiqué un peu mais aussitôt poursuivi :

« Ça ne veut rien dire "aller au bureau". Il faut se poser les bonnes questions, Patricia. Quel bureau? pour quoi faire? comment est habillé Michel quand il sort de la maison? part-il tôt? rentre-t-il tard? C'est en répondant aux bonnes questions que l'on comprend le métier de Michel. » Mais je ne comprenais rien, Michel n'était jamais habillé deux fois pareil, il n'avait pas d'horaires et passait de pays en pays, à la recherche de quoi, va savoir. Le soir, quand j'étais rentrée avec les questions de la maîtresse, maman avait dit : « C'est compliqué, ton père a des affaires, des affaires ici, des affaires là — elle avait cité plusieurs pays, peut-être le tien —, il fait du commerce, ton père, de l'import-export, il achète pour rien, il revend à bon prix. » Quoi? Elle n'avait pas envie que je le sache, encore moins la maîtresse. « Ça ne regarde personne, avait-elle dit, les affaires de ton père; demain, tu parleras du bateau, ce sera plus facile, parle-lui du *Blue Ghost*, mon chou. » J'avais dessiné le voilier de Michel et récolté une bonne note. « Quand Patricia s'en donne la peine », avait écrit Mlle Nathalie.

Cela fait près de trois heures que nous roulons à présent, mes yeux menacent de se fermer, je quitte la route et nous arrête sur la place d'un village. Tu dors toujours. J'ai garé la voiture à l'ombre, sous un arbre, je laisse les fenêtres grandes ouvertes pour que tu aies suffisamment d'air. Au centre de la place se trouve une fontaine. Je passe de l'eau sur mon visage, mes mains, mes bras. La fraîcheur me fait du bien. Il y a un banc, à l'ombre. De là, je peux jeter un œil sur la Twingo. Tout est calme, c'est la sieste. Quatorze heures sonnent. Une vieille dame passe avec un labrador noir. Elle s'assied à mes côtés. Je l'accueille d'un petit signe de tête. Elle demande, en italien, si je suis en vacances. Je réponds « finito » et puis « Parigi ». « Ah, francese! » Nous baragouinons et, peu à peu, l'opacité se dissout. Elle s'appelle Paola, elle est veuve depuis trois ans, tous ses fils ont quitté le village, heureusement il y a le chien, sans le chien, ce ne serait pas possible, la vie. Et tout à coup, je vois la portière de la Twingo s'ouvrir, tu es debout, tu t'étires, tu te demandes où tu es, et je te vois chercher quelque chose du regard, je te fais de grands signes, je t'appelle et, lorsque tu m'aperçois, tu te figes, tu baisses la tête, mais le chien s'élance vers toi et, après un mouvement de recul, tu poses délicatement la main sur son col, le caresses, puis te diriges vers un autre banc, également à l'ombre, suivie du labrador. « C'est ta fille? » demande la femme. J'essaie d'expliquer ce qui nous arrive, mais c'est compliqué et, comme en dépit de mes longues explications dans un italien improbable, la femme repose la question, je finis par répondre oui. Un « oui » que j'accompagne d'un geste vague de la main, pour dire plus ou moins.

Je me lève et m'approche de toi. Tes yeux se baissent aussitôt sur le chien. Je demande si tu as bien dormi. À nouveau, pas de réponse, mais je n'espère plus à présent. Je dis que tu n'as rien bu depuis que nous sommes en route. J'ai peur que tu te déshydrates. Je vais chercher la bouteille d'eau dans la voiture et te la tends. Tu ne la prends pas. Alors je la dépose à tes pieds. Je m'assieds à côté de toi. Je te dis que j'attends jusqu'à ce que tu boives. Il faut que tu boives. Tu ne dois pas boire pour me faire plaisir. Tu bois pour toi. Cela prend plusieurs minutes. Et puis, tu te décides. Tu te penches, tu saisis la bouteille, tu défais le bouchon et tu bois au goulot. Et cette longue rasade est ma première victoire. Je reviens m'asseoir près de la vieille femme et je vois que tu donnes aussi à boire au chien, et cela m'agace, la bouteille est bonne à jeter à présent, tous ces microbes, la bouteille au chien, c'est n'importe quoi, mais, toi, tu t'en fiches, puisque tu bois à nouveau, tu fais boire le chien, tu le caresses et lui te lèche en retour, et, tout à coup, c'est comme si tu n'étais plus seule. La femme se penche vers moi, elle murmure quelque chose qui doit dire que tu as vraiment le tour avec les animaux et je fais oui de la tête, oui, c'est flagrant, et à l'intérieur de moi, quelque chose, mais quoi? ressent soudain de la fierté. Et la femme se lève, me salue, rappelle son chien qui ne bouge pas, « Vieni, Pippo, vieni », mais rien à faire, jusqu'à ce que tu poses la tête sur l'encolure du labrador, que tu le serres, comme tu n'as pas serré ton père avant qu'il nous quitte, et quand tu relâches ton étreinte, le chien rejoint docilement sa maîtresse en balançant la queue. Puis tous deux quittent la place et nous nous retrouvons toi et moi, face à face.

Je te regarde, toi, tu fixes toujours tes pieds et le temps passe ainsi à l'ombre de la place, jusqu'au moment où je réalise qu'il faudrait manger avant de repartir, car le bateau nous attend à Messine, ce serait bien de revenir sur le continent avant la nuit. Je m'approche de toi. Je demande si tu as faim. « Allons chercher à manger, Vanessa », à nouveau, tu attends, à nouveau, il faut répéter la demande jusqu'à ce que tu te lèves, comme à contrecœur, et soudain je la vois, la tache sombre, courir le long de ton pantalon et l'urine goutter sur le sol, et je comprends que, durant tout ce temps, tu n'as rien osé dire, rien osé montrer, peut-être qu'il en a été de même durant le voyage qui vous a été fatal et aussi sur le bateau, que tu n'osais jamais demander, t'éloigner un instant de ta mère et de ta sœur, de peur d'attirer l'attention, de peur qu'on ne vous sépare. Je perçois ta gêne pour ce pantalon mouillé. Je dis que ce n'est pas grave, ça arrive, ça peut arriver. Et je pense à maman à qui je disais la même chose vers la fin, quand elle était mortifiée de voir son corps perdre le contrôle, s'en aller petit à petit : « Cela n'a pas d'importance. » Et je te propose de rincer ton survêtement, je vais m'en occuper, ce n'est pas à toi de le faire, avec la chaleur, ce sera sec en quelques minutes. Et je retourne à la voiture. Je prends une serviette, du gel douche, ma chemise de nuit. Je te propose de la passer par-dessus pour que tu puisses enlever sans embarras le linge mouillé. Tu te retournes et tu fais comme je dis en un tour de main. Je te donne le gant de toilette et le gel douche, je ramasse ton vêtement. Et tu m'accompagnes pour la première fois sans que je doive le répéter, tu me suis à la fontaine et tu te rafraîchis pendant que je mouille ton survêtement, que je le savonne, que je le frotte énergiquement, que je le rince, que je le tords, que je l'étale sur un banc en plein soleil. Et je te dis que, pour la prochaine fois, il suffit que tu me préviennes et, si tu ne peux le dire, tu n'as qu'à me le montrer d'un geste. Un geste que tu choisiras. Tu passes la main sur ton front. « C'est ça le geste, Vanessa ? » Tu passes à nouveau la main sur ton front. Et je pense que c'est le début, notre début, le début de la langue entre nous.

Nous sommes assises sur le même banc à présent. Au soleil. Tu me tournes le dos. Ton pantalon est presque sec, ta culotte depuis longtemps. Tu l'as vite remise. Puis, ta jambe gauche a recommencé à trembler. Je me demande ce qui déclenche ce mouvement incessant. Un souvenir, quelque chose que tu as aperçu, ma présence? Je te dis qu'il ne faut pas que tu en veuilles à ton père d'être parti. Il ne fait rien contre toi. Juste ce qu'il peut. Si tu savais comme il se reproche ce qui est arrivé. Et moi qui lui ai donné tous ces conseils, qui, la première, lui ai parlé de la France, lui ai dit que ce serait mieux pour lui, qu'il y vivrait bien. C'est parce qu'il m'a écoutée que vous êtes venues. Et cette pensée-là est terrible. Ton père est parti à la recherche de ta maman et de ta sœur et, toi, tu vas attendre chez moi jusqu'à ce qu'il revienne. Il va tout faire pour revenir. Tout pour te retrouver, et moi, en attendant, je veillerai sur toi. Je veillerai sur toi du mieux que je pourrai.

Après nous marchons dans les rues désertes à la recherche de quelque chose à manger. Une boulangerie est ouverte. Dans la vitrine, tu montres un pain au chocolat auquel tu touches à peine, puis nous remontons dans la voiture. Quelque chose en moi s'est détendu, je m'imagine que le trajet du retour se poursuivra sans accrocs, nous avons fait le plus dur, c'est ça que je me dis, mais je me trompe. J'apprendrai, au fil des jours et des mois, cette alternance de brèves avancées et de violents reculs, ces courts moments de familiarité suivis de longues douches froides qui ne me permettront jamais de savoir où nous en sommes, toi et moi, si j'existe quelque part dans ta vie. Encore maintenant, je ne sais pas. Encore maintenant, tu peux disparaître à tout instant.

Nous arrivons à Messine, je t'annonce que nous prendrons le bateau pour regagner l'Italie. Tu te tends. Tu secoues la tête. Je dis : « Il n'y a pas d'autre solution », mais tu refuses, tu te cramponnes à la portière. Et j'entends cette supplication muette : « Pas le bateau, pas le bateau. » Je t'assure qu'il ne nous arrivera rien, c'est un bon bateau, il y aura des gilets pour tout le monde, je sais nager, je ne t'abandonnerai pas, je ne t'abandonnerai jamais, mais tu n'entends pas, tu ne veux rien entendre, tu ne sors pas de la voiture, et j'ai beau te parler, le premier bateau s'en va, alors que j'ai déjà acheté nos billets. Je reste calme, j'ai encore l'espoir que nous prendrons le suivant, mais deux heures plus tard nous n'avons pas avancé d'un pouce, et je te dis qu'il faut y aller, cette fois, il faut y aller, je te porterai s'il le faut, mais tu ouvres la portière et tu cours, tu cours, tu disparais de ma vue et c'est bel et bien fichu pour le dernier bateau et nous passerons la nuit à Messine. Je ne me sens pas la force de te rattraper, j'ai juste envie de dormir, je me dis tant pis, j'ai atteint le bout du bout, j'en ai assez fait aujourd'hui pour cette enfant que je ne connaissais pas hier encore, et pour son père et pour tout le monde, j'ai eu mon content d'enfer, ça m'est égal ce qui arrive, ça m'est égal la catastrophe, cela ne me concerne plus, et elle monte en moi cette pensée à laquelle je ne voulais pas donner corps depuis que Jean Iritimbi m'a demandé de te prendre avec moi : j'aurais dû dire non, j'ai fait une belle connerie, que me suis-je imaginé ? Que je pouvais te sauver ? Réparer le désastre ? Qui suis-je pour réparer quoi que ce soit, moi, la Blanche, qui ai osé aimer ton père ? Je pressens que la vie à tes côtés sera impossible, un vrai cataclysme. Peut-être que le mieux serait de monter seule dans le bateau sans demander mon reste. De te laisser là puisque tu ne veux rien. J'aurai essayé, n'en parlons plus.

J'ai dû m'assoupir un peu. Je me réveille en sursaut. La nuit est tombée, tu n'es pas revenue. J'ai peur. Tu n'as que douze ans. Tu ne pourras résister à rien ni à personne. Je sors de la voiture, je marche le long du quai désert, j'appelle dans la lumière blafarde, je crie « Vanessa ! Vanessa ! », je regarde derrière les poubelles, dans les recoins, entre les voitures, rien ne bouge, tu as bel et bien disparu. Et si tu avais commis l'irréparable ? Et si quelqu'un t'avait fait du mal ? Et je cours, j'arpente les rues en tous sens, j'entre dans les cafés, je me précipite le long des pontons, je m'approche des bateaux mais rien, désespérément rien, seulement le clapotis de l'eau, le cliquetis des cordages sur les mâts. Un homme en bermuda s'approche, demande ce qui m'arrive, je réponds que je t'ai perdue, tu n'es qu'une enfant, ses yeux deviennent graves tout à coup, j'essaie d'expliquer en italien à quoi tu ressembles, il écoute attentivement, me conseille d'avertir la police sans attendre, je dis « Oui, bien sûr », il m'indique la direction du commissariat, un peu plus loin dans la ruelle, je le remercie, sachant que je n'en ferai rien, tu n'as pas de papiers. L'homme prend mon numéro de téléphone, il m'appellera s'il apprend quelque chose, après je marche et je marche et je marche, je ne te trouve pas et, au bout de deux heures, quand j'ai arpenté tout ce qu'il y a à arpenter à Messine, il faut bien que je m'en retourne à la voiture.

À quatre heures du matin, ton visage apparaît soudain derrière la vitre. Je déverrouille les portières. Tu entres, grelottante dans ton tee-shirt, je sors un gilet de la valise, te le tends. Tu l'enfiles sans refuser. Je voudrais aussi te frictionner le dos, c'est fou comme tu trembles, mais tu te raidis dès que je tente d'approcher, alors j'allume le moteur de la Twingo, chauffage à fond, et nous commençons à rouler dans Messine, à tourner comme pour nous persuader que nous avançons alors que je devine qu'il nous faudra peut-être des jours pour traverser cette mer ensemble, si tant est que nous y arrivions enfin, mais déjà tu es revenue, dans la nuit, tu m'es revenue. Au bout d'une heure et demie, je n'en peux plus de rouler, je me gare à l'endroit d'où nous étions parties. Au bord du quai, très vite, tu t'endors, je tente de pactiser avec le sommeil, ne trouvant aucune position confortable, je me répète jusqu'à l'épuisement qu'il faut que je dorme, en pure perte, près de deux mille kilomètres encore : « Patricia, tu as intérêt à tenir le coup. »

Au réveil, mon corps paraît en morceaux, toi, tu regardes droit devant, prête à bondir, comme si tu guettais quelque chose, mais quoi ? Le bateau entre dans le port, celui que nous ne prendrons pas, me dis-je, et je te demande si tu as faim, nous pourrions passer à la boulangerie. « Veux-tu m'accompagner, Vanessa ? » Mais tu restes immobile, comme si tu n'avais pas entendu. J'hésite, un instant, à te laisser les clefs en mon absence, pour que tu puisses écouter de la musique, mais je ne veux prendre aucun risque. Ma confiance est échaudée, rétive, peut-être à cause de ton père, il y aura toujours en moi un être sur le qui-vive, pensant que tu pourrais prendre des chemins de traverse, me rouler dans la farine, me dépouiller pour te sauver, toi. Et je sors, le trousseau dans ma poche.

Nous mangeons face à la mer. Enfin, je mange, toi, tu touches à peine ton croissant. La traversée dure tout au plus une demi-heure. Je te répète, sans grand espoir, que c'est court, que tu ne dois pas regarder si l'eau te rappelle ce que tu veux oublier. « Nous pouvons nous asseoir à l'intérieur, pas besoin de rester sur le pont, tu n'auras qu'à fermer les yeux », et je pense à ces ânes auxquels on pose des œillères pour traverser les précipices, je me doute que, pour toi, il s'agit bien de cela, et je te tends mon long foulard, je te propose de le placer devant tes yeux quand tu poseras le pied sur le bateau, imaginant bien que c'est peine perdue, comme si tu pouvais accepter quoi que ce soit en pareille circonstance, quoi que ce soit de moi, que vas-tu imaginer, Patricia ? Mais, miraculeusement, tu t'en empares, comme on se saisit de la dernière chance, et, d'un geste rapide, l'enroules autour de ta tête, ne laissant plus rien apparaître de toi, sinon un maigre filet de regard, et c'est alors qu'un autre toi m'apparaît : l'enfant du désert, la petite guerrière, celle qui a traversé les pays dont on ne revient pas.

Nous avons garé la Twingo sur le bateau. Tu es sortie de la voiture, et je crois bien que tu fermes les yeux, je ne te vois pas, tu marches derrière moi, ta main fermement accrochée à mon sac à dos. J'avance lentement, te nommant chaque obstacle. Je raconte tout le parcours que nous sommes en train de faire pour que tu n'aies aucune surprise, que tout soit prévisible. Je dis ces escaliers que nous montons, cette rampe qu'il faut saisir de ta main gauche, « Attention, c'est raide, plus que trois marches, après du plat, un peu, et puis un autre escalier ». Nous devons former un couple étrange, moi, femme blanche qui conduit, toi, petite silhouette menue couverte d'un chèche qui suit en tâtonnant. Je te mène dans le bateau. Il y règne un bruit assourdissant. Je te propose de t'asseoir, tu obéis et restes recroquevillée, les mains sur tes oreilles. Les rares personnes qui ont choisi de rester à l'intérieur nous dévisagent. Nous attendons longtemps avant que le bateau prenne le large. Je te murmure que tout ira bien : « Ils font encore passer quelques voitures, Vanessa, quand tout le monde sera à bord, nous partirons. » Je ne sais même pas si tu m'entends. Enfin, le bateau se met en mouvement. Par le hublot, j'aperçois les passagers debout, appuyés contre le bastingage, les mouettes, les contours de Villa San Giovanni qui se rapprochent.

Il y a bien une vingtaine de minutes où le temps s'arrête. Hors le bruit des machines, il fait un calme infini. Si je m'écoutais, je poserais ma main sur ton dos pour te rassurer, pour que tu te sentes moins seule, certainement pour m'en convaincre aussi, mais depuis hier j'apprends à retenir mes gestes, ce sera ça aussi la vie avec toi, savoir ce que j'ai envie de te donner et de te dire, et garder, toujours garder, ne livrer qu'une portion congrue de ce que je voudrais t'offrir, pour que tu puisses le recevoir, accepter ce qui t'arrive de moi. Donner à peine pour te laisser toute la place.

Si la traversée dure une demi-heure, le chargement et le déchargement prennent un temps infini et nous restons bien plus longtemps que prévu sur le bateau. Je te dis que je ne savais pas, je n'ai pas voulu mentir, je promets d'essayer toujours de te dire la vérité, et je dois prononcer le mot « essayer » pour être juste, puisque nous ne t'avons pas révélé les liens exacts qui nous unissent, ton père et moi, des liens que tu ne connaîtras jamais. Nous quittons le navire comme nous sommes entrées, clopin-clopant, et, une fois sur la terre ferme, tu lâches mon sac à dos. Je pense que tu vas ôter le foulard. Tu n'en fais rien. Et durant tout le trajet, malgré la chaleur, tu le portes obstinément. Comme s'il te protégeait, comme s'il te permettait d'affirmer l'endroit d'où tu viens. Nous remontons dans la voiture. Après quelques kilomètres, je te remercie d'avoir fait ce qu'il fallait, trouvé en toi le courage d'affronter la mer à nouveau. Ta jambe se remet à trembler, je regrette aussitôt d'avoir prononcé ces paroles et j'allume la radio.

Toute la journée, je lutte contre le sommeil et la chaleur écrasante. Vers cinq heures, nous arrivons à Rome. Il me semblait que c'était une étape nécessaire. Que tu puisses voir autre chose de l'Europe qui abandonne et qui tue. Maman avait l'habitude de dire : « Lorsque tout est perdu, il reste au moins la beauté. » À Rome, il en pleut de partout, mais je doute soudain qu'elle puisse t'être d'aucun secours. Tu sors de la voiture. Tu marches en fixant le sol. Tu ne prêtes attention à rien. Ni aux maisons, ni aux vieilles pierres, ni aux gens. Tu avances comme si rien n'existait ni personne. Moi qui m'imaginais que nous pourrions visiter un peu, arpenter ensemble le Trastevere que j'aime, je suis forcée de ravaler mes ambitions. J'ai loué une chambre avec terrasse chez l'habitant. Si nous pouvons déjà profiter de la terrasse, ce sera bien.

Cela fait une dizaine d'années que je n'ai plus mis les pieds ici. J'y étais venue avec Alain, un court week-end quand sa femme passait quelques jours dans sa famille. Cette escapade m'avait laissé un goût doux-amer, la vie qui m'était promise, la vie que je n'aurais jamais. Me voici à Rome avec toi. Je t'explique que nous allons dormir dans une sorte d'hôtel, et, te disant ces mots, je me demande si tu comprends, si, hormis ton grand voyage, tu as déjà eu l'occasion de quitter Bangui. Peut-être que oui. Peut-être que tout ce que je te raconte te semble évident, que ma manière d'expliquer chaque chose te hérisse, nous renvoie dos à dos, toi dans ton rôle d'enfant noir à qui on présente le monde tel qu'il doit être, moi, dans celui de la Blanche donneuse de leçons.

La chambre est claire, au troisième étage. J'aperçois le grand lit. Accepteras-tu cette promiscuité-là ? Je te propose de passer à la salle de bains pour te rafraîchir. Tu hésites. « Cela te fera du bien », dis-je. Je te montre les serviettes, le savon, le shampooing. Je fais couler l'eau. « Prends le temps qui te convient, Vanessa, je me rafraîchirai après toi. » Tu entres dans la pièce et fermes la porte à double tour. Je m'installe sur la terrasse ombragée. Au loin, on aperçoit le Tibre. L'air frais me fait du bien. Je suis heureuse de me retrouver un instant seule. Au bout d'une heure, je reviens dans la chambre, tu es couchée sur le lit, dans la même position qu'à Montanezza. Je te demande si ça va. Tu ne bouges pas. J'entre dans la salle de bains. Tu as mis de l'eau partout et utilisé tout le savon. Les serviettes traînent par terre. Je ne supporte pas ça, ce désordre, « un manque de respect », me dis-je. J'ai un mouvement d'humeur, l'envie de revenir vers toi pour te lancer que ce n'est pas acceptable, mais mon regard tombe sur les sandalettes qu'ils t'ont données au centre, ces sandalettes d'enfant, et, d'un coup, je me rappelle que tu as douze ans et que tu arrives ici pour la première fois. J'éponge les dégâts, je prends à mon tour une douche, puis te rejoins dans la chambre. Je dis que ce serait bien de t'acheter des vêtements. Nous avons eu si chaud. Tes chaussettes blanches sont grises de poussière. Je peux te prêter des vêtements, ou laver ceux que tu portes ce soir pour qu'ils soient propres demain, mais ce serait bien qu'à un moment tu aies les tiens, à ta taille, des vêtements que tu aimes. Autre chose que ce tee-shirt et ce sur-vêtement trop grands. « On pourrait en trouver ici, si tu veux, Vanessa. » Mais tu ne veux rien. Tu ne quittes pas le lit. Et le soir, je vais manger seule dans la trattoria au coin de la rue, avaler quelques pâtes sans plaisir, inquiète que tu restes seule là-haut, que tu ne t'en sortes pas, que tu sois complètement perdue. Et je me demande aussi si tu seras là à mon retour, mais je ne peux rester à tes côtés uniquement pour t'empêcher de partir, c'est ça que je me dis. Il me faut accepter l'éventualité de ton départ et, encore maintenant, cette pensée ne me quitte pas.

La nuit, nous la passons ensemble dans ce grand lit, et j'ai si peur de te frôler, d'envahir ton espace, la seule chose qui te reste à présent, que je reste aux aguets et ne parviens pas à trouver le sommeil. Quand je me réveille, tu es déjà debout, habillée. Moi, j'ai peine à émerger. Le petit déjeuner est servi sur la terrasse. Il y a des fruits, du pain, des yaourts, du fromage, de la charcuterie. Un régal. Tu n'avales que quelques grains de raisin. Je te suggère de manger un peu plus : « Nous n'aurons pas l'occasion de nous arrêter avant plusieurs heures, Vanessa », peine perdue. Tu manges si peu depuis que nous sommes ensemble. Même si tu bois ce qu'il faut, j'ai peur que cela finisse mal. Peur de ne pas avoir les épaules pour tout ce qui est en train d'arriver.

Tu es retournée sur le lit. Avant de remonter dans la voiture, je m'enferme dans la salle de bains et j'appelle le docteur Sebret. Messagerie. « Docteur, je vous appelle d'Italie, je souhaiterais échanger quelques mots avec vous. C'est

urgent. » Puis, je forme le numéro d'Alain.
Cela fait des années que je n'ai plus appelé
sur son portable. Une fois que tout a été fini,
j'ai refermé les portes, même si nous sommes
amenés à nous croiser quotidiennement. Heureusement, il décroche : « Patricia, ça va ? » Et
je m'entends dire que non, cela ne va pas du
tout et des sanglots montent dans ma voix. La
voix d'Alain reste calme : « Patricia, reprends
plus lentement. » Et le fait de sentir que rien ne
se joue à quelque secondes, que rien ne va se
perdre me permet de retrouver du souffle et,
peu à peu, j'arrive à raconter l'histoire. Je peux
dire le Niagara, ton père, le retour en France, sa
disparition et toi qui arrives dans ma vie, surtout
toi. Parfois je m'arrête, je veux être sûre qu'Alain
est toujours là. « Oui, oui, je t'écoute, Patricia. »
Et lorsque j'arrive au bout du bout, au bout de
tout, je l'entends prendre une grande inspira-
tion : « Une chose à la fois, Patricia. D'abord,
tu rentres avec la petite. Tu t'arrêtes toutes les
deux heures et tu rentres. Tu fais encore une
escale et, demain, tu es à Paris. » Je lui demande
si j'ai bien fait. « Quoi ? » De faire ce que j'ai fait,
de prendre ce risque, de te ramener avec moi.
« Qui peut le dire, Patricia ? »

Nous remontons dans la voiture. Toutes les
deux heures, je me gare sur une aire d'autoroute, je sors de la voiture et je fais quelques

pas. Toi, tu ne bouges pas, si ce n'est pour te rendre aux toilettes. Tu passes la main sur ton front et je t'accompagne. Je perçois les regards intrigués qui se posent sur ton foulard alors que nous attendons dans la file. Heureusement, ta silhouette d'enfant n'a rien d'inquiétant. Ils s'imaginent que tu es déguisée. À l'approche de la frontière, je te somme d'ôter le chèche. Cela attirera l'attention. Nous pourrions être soumises à un contrôle. Tu résistes. Je t'avertis que si cela tourne mal, je ne pourrai rien pour toi, alors tu te découvres d'un seul coup. Quelques kilomètres après la frontière, tu remets le foulard. Et il me faudra des semaines avant d'apercevoir ton visage à nouveau.

Je roule vite, le plus vite que je peux, je me suis promis que, ce soir, nous dormirions en France. Nous nous arrêtons à Grenoble. À la réception de l'hôtel, l'employé commente ton accoutrement : « Alors, on revient d'une fête ? » Il va sans dire que tu ne réponds rien. Pour détendre l'atmosphère, il te demande ton nom. Je le prononce à ta place. Je règle les formalités. Au moment où nous quittons la réception, il lance : « Pas très causante, votre petite ! » Je me retiens de prétexter que tu es timide, ce qui simplifierait tout. Mais tu n'es pas timide, très affirmée au contraire. Alors pour dire quelque chose qui n'engage à rien, je réplique que ce

n'est pas toujours facile. « Pas toujours facile ? »
Non, monsieur. Et tandis que nous gagnons
l'étage, je me demande ce que tu penses de ce
que je dis de toi. Mais peut-être que tu n'écoutais pas, peut-être que tu étais ailleurs, loin, si
loin, sous le chèche.

Cette fois, j'ai eu la présence d'esprit de
demander une chambre avec lits jumeaux.
Je nous fais monter un plateau repas, la pizza
bolognaise semble te plaire, et je te propose
d'allumer la télévision. Ils passent un vieux film
américain avec Richard Gere et Julia Roberts,
une histoire de vie improbable, comme quoi
tout est possible en ce bas monde, pourquoi pas
toi et moi ? Pendant que tu te concentres sur le
film, je peux te regarder sans que tu te recroque-
villes, tu sembles tellement captivée, à plat
ventre sur le lit avec tes jambes qui gigotent aux
moments forts, de plaisir, me dis-je, et quand
le film est terminé, tu te glisses dans les draps
après avoir rejeté l'édredon, tu n'as sûrement
pas l'habitude de dormir sous quelque chose de
pesant, alors que moi, si, j'ai besoin du poids
pour m'endormir, le poids me sécurise.

Avant d'éteindre la lumière, je te dis que
demain nous serons chez nous, à Paris. C'est là
que je vis, que nous vivrons ensemble, toi et moi.
« Paris est une belle ville, tu verras, Vanessa. »
J'habite dans le dix-neuvième arrondissement,

pas loin du canal Saint-Martin. Je n'ai pas un grand appartement. Pour Paris, c'est spacieux, mais pour Lisieux, la ville où j'ai grandi, c'est minuscule. Il y a deux chambres : celle que j'occupe actuellement, et l'autre, un peu plus petite, qui fait office de bureau. Le bureau deviendra ta chambre. On dégagera la table, l'ordinateur, les étagères. On l'arrangera selon ton goût. Pour le moment, les murs sont blancs, mais on pourra peindre, chercher des meubles qui te plaisent. L'appartement comprend aussi une cuisine-salon, un couloir, une salle de bains avec deux lavabos, un pour toi, un pour moi, et un petit balcon. Je n'ai pas d'animaux. Dans l'immeuble, c'est interdit. Il n'y a pas de jardin mais le parc est tout près. C'est un très joli parc. Le parc des Buttes-Chaumont, tu en as peut-être entendu parler. J'aime bien y passer après le travail. J'en ai besoin, parce qu'il n'y a pas à dire, Paris, c'est du béton, beaucoup de béton, et moi, après toutes ces années, je ne m'y fais toujours pas.

La nuit, un message arrive sur mon portable. C'est Jean Iritimbi. Il demande comment ça va. Je tais les refus, l'incapacité, le regard qui se dérobe, la jambe qui tremble. Tout se passe bien. De mieux en mieux. Nous sommes arrivées à Grenoble. Tu as bien mangé ce soir, tu as regardé un film. « Et toi, Jean Iritimbi ? » Il est arrivé à Rome. Mais on n'y savait rien, ni de

Christine, ni de Myriam. Il n'a pas décidé où il ira ensuite. Plus au sud, mais où ?

Au réveil, la température est tombée, tu grelottes sous les draps. Je te dis que cela ne peut continuer. Il te faut des vêtements, des chaussures. Tu es sur un autre continent à présent. Tu ne peux marcher dans ces sandales de plage, avancer dans ton survêtement si fin, ce tee-shirt trop grand pour toi. « Tout le monde a besoin de vêtements, Vanessa, tout le monde. » Et nous partons pour le centre commercial. Il y a du bruit, beaucoup de bruit, imperceptiblement, tu t'approches de moi, comme si tu cherchais une protection, et ce mouvement ténu me rassure, il y a quelque chose entre nous, quelque chose que je ne peux nommer mais qui existe, qui commence à se construire et nous avançons dans les rayons, tu regardes sans toucher, tu hésites, comme si tu craignais de trahir un pacte, mais lequel ? Au bout de longues minutes, quand je sens que tu vas sortir du magasin en refusant tout, je te répète les mots que j'ai déjà prononcés dans la chambre : « Tout le monde a besoin de vêtements, Vanessa. Toi comme les autres, ici ou là-bas », et, soudain, tes épaules se détendent. Et, soudain, tu m'emboîtes le pas. Nous revenons vers le rayon des enfants, je dis que tu peux choisir ce que tu veux, tu ne dois pas regarder à la dépense. Ta main glisse sur les vêtements. Et, après un temps infini, tu choisis un jean, un pull à capuche et tu me les tends. Je te conseille de les essayer, te guide vers les cabines. Tu m'accompagnes, docile. Je te montre l'endroit où tu peux te changer, déposer les habits : « Je t'attends derrière le rideau. Quand tu auras fini, tu l'ouvriras. Si tu as besoin de quoi que ce soit, je suis là. » J'ai tiré la tenture derrière toi. J'attends. Une vendeuse me demande si ça va. Je hoche la tête : « Merci, nous nous débrouillons très bien. » Mais elle ne bouge pas d'un cil et t'interpelle : « Ça va, mademoiselle ? » J'assure que tout va bien. Mais elle insiste : « Mademoiselle ? » D'autorité, elle écarte le rideau. Je t'aperçois, figée, jean et pull toujours sur leur cintre. La vendeuse te demande si la taille est bonne. J'interviens : « Nous n'avons pas besoin de vos services, merci », son regard vire au noir puis, heureusement, elle s'éloigne. Et je te demande si tu veux de l'aide. Tu ne baisses pas la tête, j'imagine que c'est oui. Je referme la tenture derrière nous, t'aide à passer le pull mauve à capuche. Je fais bien attention à ton foulard. Le pull te va comme un gant. Le pantalon est trop large à la taille, il fallait s'y attendre, mais le modèle en dessous sera trop court pour les jambes, nous prenons donc celui que tu portes — j'y ferai une pince — en trois exemplaires. Le pull à capuche, tu le choisis aussi en vert et en orange. Je t'achète une ceinture, des sous-vêtements, des chaussettes, deux chemises de nuit, et te propose de choisir quelques tee-shirts et une veste. Tu avances sans bruit au milieu des rayons, tu regardes et puis, doucement, tu touches le tissu, comme si c'était un bien précieux, tu poses le vêtement contre toi, et il se passe bien plus qu'un simple achat, comme si tu te réappropriais quelque chose, comme si tu venais d'accepter de revenir dans la grande course du monde, et quand nous sortons du centre commercial, de l'autre côté de la rue, j'aperçois un magasin de chaussures, tu traverses sans résister, comme s'il n'y avait rien d'autre à faire, j'annonce que nous sommes là pour toi, la vendeuse demande ta pointure, je n'en sais fichtre rien. « On va mesurer », dit-elle, et tu poses ton pied anguleux sur la petite planche, tu fais du trente-sept, « les pieds de votre fille sont déjà grands, elle a quel âge ? », et je dis que tu as douze ans et je vais ajouter que tu n'es pas ma fille mais déjà tu montres ce que tu veux, les baskets en toile blanche de la vitrine. « Le blanc risque d'être salissant, Vanessa », et je m'entends murmurer ce que répétait ma mère quand j'avais ton âge, mais ce sont les baskets en toile blanche que tu veux, alors je les achète sans discuter et nous revenons à l'hôtel char-gées de paquets. Tu te changes illico et jettes les vêtements du centre, tee-shirt, survêtement et sandales, dans la poubelle de la salle de bains. Quand je fais ma valise, je les aperçois et les dépose sur ton lit pour que tu puisses les remettre dans ton baluchon. Tu te lèves aussitôt, retourne dans la salle de bains et je comprends que tu ne veux garder aucune trace de ce qui s'est passé là-bas.

La route est droite, si droite, ce dernier trajet file à toute allure, tu es appuyée contre la portière, dos à moi, dans deux heures nous serons chez nous, je suis soulagée de voir arriver la fin du voyage, et je te dis la bibliothèque où je travaille depuis des années. Cette bibliothèque où tu m'accompagneras les premiers jours — Alain a donné son accord — avant que toutes les démarches aient été effectuées et que notre nouvelle vie s'organise. Peut-être ignores-tu ce qu'est une bibliothèque. Je t'explique qu'on y emprunte des livres pour presque rien, qu'on les emporte chez soi, on les lit, ensuite, on les rapporte, cela permet à tous de partager ce qui s'écrit, qu'on ait de l'argent ou pas, et mon portable se met à vibrer, c'est le docteur Sebret qui rappelle. Je ne peux rien lui dire devant toi. Je décroche, annonce que je suis sur la route, dès que je pourrai m'arrêter, je le rappellerai. À la première pompe à essence, je me gare. Je sors de la voiture et compose son numéro. Je raconte en deux mots comment tu es arrivée dans ma vie, que ton état psychologique nécessite une prise en charge, que tu as besoin d'aide, que, seule, je n'y arriverai pas. Jamais. Le docteur me propose de passer le lendemain. « Nous verrons ce qu'il y a lieu de faire, madame Couturier. » Je remonte dans la voiture et, quand nous entrons dans Paris, je murmure : « Nous y voilà. » Tu te tasses un peu plus, mais je ne veux pas y prêter attention, si confiante dans le pouvoir de séduction de ma ville, c'est Paris, Paris tout de même, et je me souviens qu'à notre retour des États-Unis ton père avait demandé que je lui montre la tour Eiffel avant de nous arrêter rue Georges-Simenon. Il avait ouvert la fenêtre et ses yeux détaillaient chaque immeuble, chaque arbre, chaque monument, et j'avais lu l'émerveillement dans son regard. J'espère tellement que tu seras conquise toi aussi. Paris comme la fin de ton voyage, Paris comme une récompense après ce que tu as traversé. Et je longe les bords de Seine, et je te désigne la tour Eiffel et nous passons devant l'Arc de triomphe, descendons les Champs-Élysées et tu ne regardes rien, rien, alors que je te présente tout, le fleuve, les ponts, les immeubles, le ciel, je te raconte la beauté de ma ville en pure perte, jusqu'à ce que, finalement, de guerre lasse, je quitte les grandes artères, m'enfonce dans les rues et, quand je gare

la voiture, je n'ai même plus la force de te dire :
« C'est ici. »

Tu sors de la voiture comme à contrecœur,
tenant ton sac à deux mains. Nous entrons dans
le hall. L'ascenseur est en panne. Il nous faut
monter les escaliers et j'entends ton pas qui
traîne derrière le mien. Ton pas qui ne veut
pas être là. Nous arrivons au troisième étage.
J'ouvre la porte de l'appartement, tu restes un
instant sur le palier puis te décides à me suivre.
Je te montre chaque pièce, terminant par celle
où tu dormiras. Tu entres dans le petit bureau,
referme la porte, et j'entends tourner la clef.
D'abord, je me raidis, vexée, je suis ici chez moi,
c'est mon appartement, tout de même. Mais
quelques instants plus tard, j'ai peur que tu
fasses une bêtise, que tu te jettes par la fenêtre,
t'ouvres les veines, il me semble bien qu'il y
a des ciseaux dans cette pièce. Je tambourine
contre la porte, je te somme d'ouvrir : « Vanessa !
Vanessa ! », mais rien, bien sûr, rien. Je dis que
tu n'as rien à craindre, je ne suis pas fâchée,
je vais arrêter de crier et je murmure : « Ouvre
cette porte, s'il te plaît. » Rien à faire, alors je
redescends les escaliers quatre à quatre, j'ai peur
de ce que je vais trouver sur le trottoir. Rien,
heureusement, rien. La fenêtre de ta chambre
est fermée. J'appelle quand même : « Vanessa !
Vanessa ! » Alors, c'est Mme Desgrangers qui

s'avance : « Vous avez oublié vos clefs, madame Couturier ? » Non, je n'ai rien oublié du tout, non, tout va bien, c'est juste que... et je ne sais pas très bien quoi raconter et, surtout, comment lui dire, mais il faut que je m'explique, nous allons la croiser tous les jours. Je lui annonce que la fille de M. Zuma nous a rejoints, qu'elle va vivre avec nous, enfin avec moi. M. Zuma me l'a confiée pendant qu'il doit régler diverses choses à l'étranger. Et Mme Desgrangers sourit. Elle demande juste quel âge tu as. Je réponds à sa question et elle rentre dans sa loge, satisfaite, c'est aussi simple que cela.

Je suis revenue m'asseoir sur le canapé du salon où, désormais, je me sens étrangère. Ta présence sourde a tout envahi. Ton absence aussi. Si, durant le voyage, j'ai eu parfois l'illusion d'un rapprochement possible, à présent que nous sommes dans cet appartement, je ne vois plus que la distance, l'hostilité farouche, le refus définitif. Comment venir à bout de tout cela ? Quelle vie mener ensemble, toi et moi ? Puis-je t'être d'aucun secours ? L'espace d'un instant, je rêve de repartir en arrière, revenir à ce moment où ton père me demande de te prendre avec moi, cet instant où je pourrais répondre non, où j'aurais répondu non, où je lui aurais fait comprendre qu'il doit s'occuper des vivants, rester près de toi, tu en as besoin, moi, c'est peine perdue, tu ne t'ouvriras jamais avec une étrangère, ces quelques secondes où je pourrais échapper à ce qui nous arrive maintenant, cet enfer dont nous ne sortirons pas. Jean Iritimbi aurait hoché la tête, saisi ton baluchon, tu te serais levée, j'aurais réglé la chambre, je vous aurais donné de l'argent, et plus tard, s'il en avait manqué, j'aurais continué à vous en envoyer, cela, c'était la moindre des choses. Je serais remontée dans la Twingo, j'aurais allumé l'autoradio et je serais repartie pour Paris, légère, la sensation d'avoir fait mon devoir, pris la bonne décision, donné ce qui était juste, on ne peut pas porter toute la misère du monde sur ses épaules, c'est ça que j'aurais pensé, à chacun sa route, et j'aurais tourné la page, reprenant ma vie sans plus y penser.

Tu entres dans la chambre au-dessus du café. Jean Iritimbi murmure : « Voici Patricia. » Je comprends qu'il va me laisser, que je m'en irai avec toi. Je secoue la tête. Je ne veux pas. Jean Iritimbi explique longtemps. Je n'ai plus assez de force. C'est mieux pour moi. Il n'y a pas d'autre solution. Et je monte dans la voiture avec toi.

D'abord, c'est le silence, puis tu commences à parler. Tu racontes ton voyage, la beauté de l'Italie, le soleil de plomb. Après, tu dis « nous » et cela veut dire toi et moi. Nous apprendrons à nous connaître, nous nous en sortirons. Moi, je ne peux pas répondre. Moi, je ne peux pas hurler. Je regarde par la fenêtre. Si je ne te vois pas, tu n'existes pas.

Tu ne dis pas tout de suite qu'on prend le bateau. Quand tu arrêtes la voiture à Messine, je comprends. Tu dis : « On y va ? » Je fais non. Tu prends ma main. Je me débats. Je cours. J'entre dans un jardin. Je me recroqueville tout au fond. La nuit est tombée. On voit des étoiles. J'entends ta voix qui crie : « Vanessa ! Vanessa ! » Je ne bouge pas. Je mets les mains sur mes oreilles. Je ne t'entends pas. Je resterai jusqu'à ce que tu t'en ailles. Plus tard, il y a des voix d'hommes. Des voix qui ont bu, des voix qui crient, des voix comme j'en ai entendu là-bas. Je saute par-dessus la clôture. Je cours le plus vite que je peux. Je cours en espérant que ta voiture n'a pas bougé. Au bord du quai, je la vois. Elle est toujours là. Toi, tu es endormie derrière la vitre. Je n'ose pas frapper au carreau. Je te regarde.

Dans ton pays, il fait froid. Un froid contre lequel je ne peux rien. Tu as beau m'acheter des vêtements, il se glisse au fond des os et me rappelle que je ne suis pas d'ici. Quand je suis dans ton appartement, je me glisse tout habillée sous l'édredon. C'est le seul endroit qui n'est pas glacé.

Je ne veux pas te sentir. Je ne veux pas te toucher. Je ne veux pas te voir. Je ne veux pas t'entendre. Je reste dans ma chambre. Je n'enlève jamais le chèche. Tu frappes à la porte, tu dis : « Il est l'heure de manger, il est l'heure de sortir, il est l'heure de se laver. » Alors, je mange, je sors, je me lave. Mais je le fais sans vie. Comme si je n'existais plus.

Certains jours, tu traînes en pyjama, tu lis, tu regardes la télé. Je pense à maman, debout avec le soleil, je me rappelle comme elle disait : « Couchez-vous, mes chéries » quand il y avait les coups de feu, comme elle se levait pour voir s'il n'y avait plus de danger, comme elle mettait la première le pied dehors. Je me souviens de son dos courbé, de ses mains sèches, des cernes sous ses yeux. Je pense aux rues barrées, à l'électricité coupée, à l'eau que nous allions chercher dans les bidons. Je regarde ton appartement, la télévision, le frigo, le micro-ondes, la chaîne hi-fi, le robinet. Tu possèdes tout, les choses et les gens, même Jean Iritimbi, et moi, la fille de Christine emportée par la vague.

J'attends que Jean Iritimbi revienne. Je compte les jours. Même si c'est par lui que tout est arrivé. Au début, il téléphone. Tu colles mon oreille contre le combiné. Un jour, il parle avec toi plus longtemps que d'habitude. Plus tard, je vois tes yeux rouges. Après, il ne téléphone plus. Après, il n'y a plus que toi.

Tu retournes travailler. « Tu m'accompagneras », annonces-tu. Je marche avec toi jusqu'à la bibliothèque. Des livres, je n'en ai jamais vu autant. Chez nous, il n'y en avait pas. Là, où que je regarde, il s'en trouve. Tu dis que je peux feuilleter ceux qui m'intéressent, à condition de les remettre à leur place. Mais je ne touche rien, je n'ouvre rien. Tu insistes : « Celui-là, il est très bien. » Au début, je reste à regarder le mur des heures durant. Ce n'est que la deuxième semaine que je le sors du rayon. Juste pour voir. *Matilda* de Roald Dahl. Au début, je ne comprends rien. Trop d'images se pressent dans ma tête. Des images d'avant que je ne parviens pas à repousser. Le bleu de l'eau, le brun de la terre, le brillant du soleil, et toujours du rouge, du rouge, du rouge. Mais, peu à peu, j'entre dans l'histoire. Elle est petite, Matilda, différente, elle dévore les livres. Ses parents sont toujours en vie mais c'est comme si elle était seule au monde. Jusqu'à ce qu'elle rencontre Mlle Candy. Après, j'en lis d'autres. Grâce à eux, j'oublie que je suis seule dans ton pays froid. Au début, je lis dans la pièce où tu travailles. Après, tu me laisses aller dans l'espace jeunesse. Je me couche sur les poufs. De temps en temps, tu viens voir si tout va bien.

Tes collègues m'observent. Certains, de loin, d'autres, comme Nicolas, s'approchent. Il me parle des livres. Il dit : « Celui-là, tu verras, c'est bien. Ne perds pas ton temps avec celui-ci, il n'a ni queue ni tête. » D'autres ont une attitude différente quand tu es près de moi et quand je suis seule. Alain, ton directeur, parle devant moi du poids de ma présence, du malaise provoqué par mon foulard. Quand tu es là, il assure que rien ne pèse. Alors, je fais ce que je n'ai jamais fait avant. Je me promène dans la bibliothèque, je nettoie, je range, je trie les livres. L'équipe apprécie. Et je le punis. Son portable, plongé dans la carafe d'eau et remis à sa place, c'est moi. Le dossier qu'il cherche durant une semaine, c'est moi aussi. La colle renversée au fond du tiroir de son bureau, la doublure de son pardessus, les griffes sur sa voiture. Moi, moi, moi. Comme Matilda avec son père. Toi, je ne te punis pas. Je n'y pense jamais.

Un jour, Alain t'appelle dans son bureau. Tu y restes longtemps. Quand tu en ressors, tu es pâle. Tu dis : « On y va. » Ce n'est pas l'heure pourtant. Dans la rue, j'attends que tu dises quelque chose. Tu ne desserres pas les dents. Nous ne rentrons pas tout de suite à l'appartement. Nous allons aux Buttes-Chaumont. Tu t'assieds sur le banc. Moi, je ne veux pas. J'entends du bruit dans les buissons. Je m'approche. Il est tout petit. Tigré et roux. Il tremble. Il refuse de se laisser attraper. Je reste longtemps sans bouger. Comme une pierre, comme une statue, comme si je n'existais plus. Je pose la main sur sa tête. Dans mon sac, il reste du jambon. Le jambon que je ne mange jamais. Je le lui tends. Quand il a fini, il lèche ma main. Soudain tu cries parce que tu ne me vois plus. Il s'enfuit et je suis seule à nouveau. Nous remontons vers l'appartement. Dans l'ascenseur, tu dis : « Je vais devoir chercher un autre travail. »

Un matin, je suis prête devant la porte comme chaque jour. Tu annonces que nous n'irons pas à la bibliothèque. Il ne faut pas avoir peur, nous nous rendons juste chez l'avocate. C'est la meilleure, une vraie lionne. Nous prenons trois métros. Maître Longcourt est blonde, directe, droite, plus vieille que toi. Sa poignée de main est ferme. Tu lui expliques que tu as hésité longtemps mais que j'ai besoin d'une prise en charge médicale. Alors tu es prête à prendre le risque et à démarrer la procédure d'asile. Maître Longcourt dit que je suis mineure, c'est un atout, que j'ai besoin de soins inenvisageables dans mon pays, c'est un atout aussi, qu'on va se battre, si on ne se bat pas, on n'a aucune chance d'obtenir quelque chose. Elle ne cherche pas à plaire. Elle ne veut rien de moi. Elle va droit au but. Je colle mon dos contre la chaise. Tu racontes mon voyage. Tu parles de ma vie en Centrafrique. Tu dis maman, Myriam, Jean Iritimbi, le bateau. J'ignorais que tu savais tout cela.

Le soir, par la fenêtre de ma chambre, je regarde la lune. Elle n'est pas la même que dans mon pays. Chez nous, son croissant est couché, comme un lit sur lequel je pourrais me poser, dormir, oublier. Chez toi, il pend. Je ne peux m'accrocher à rien, aucun endroit où me reposer.

Un samedi matin, le téléphone sonne, tu es sous la douche. Je reste à côté du répondeur. Toujours quand tu le mets en marche, je reste. Au cas où. Mais ce matin-là, tu prends ta douche. Je reconnais tout de suite la voix d'Alain. Il dit que tu ne peux pas quitter la bibliothèque comme ça. Toutes ces années à travailler ensemble, toutes ces années comme deux doigts de la main. Quelle mouche te pique? Même si tu ne veux pas entendre, le mieux, oui le mieux, pour moi, Vanessa, il te le répète, est que tu me places dans une institution où je pourrai rester, où tu pourras me rendre visite de temps en temps. Tu ne peux pas passer ta vie à te sacrifier pour quelqu'un qui t'est si peu, une étrangère, comme tu l'as fait avec ta mère, toute cette vie à ne pas vivre et à te laisser envahir par l'autre. C'est cela qui a tué votre relation, ajoute-t-il, cela, et son indécision bien sûr, mais maintenant il est libre, enfin libre, il ne fait que te le répéter depuis des semaines, quand comprendras-tu, bon sang? Oui, une nouvelle vie commence pour vous puisque avec Laura c'est fini, cette fois-ci c'est la bonne, tu peux le croire. Vous ne pouvez plus passer à côté du bonheur. « C'est notre chance, il faut la saisir », dit-il. Et ce bonheur passe par une vie sans moi. Il ajoute que tu dois arrêter de prendre la mouche pour un rien : « Quand j'ai dit que Vanessa était handicapée, c'était pour rire. On peut rire tout de même. Tu interprètes tout. Tu fais des histoires. Tu n'es pas dans la même réalité que les autres. Je raconte juste une blague, et les blagues, par les temps qui courent, on en a bien besoin. En tout cas moi, j'en ai besoin. J'ai fait une blague sur Vanessa et ce n'est pas parce qu'elle souffre qu'on ne peut pas faire de blagues sur Vanessa. Moi aussi je souffre. Tu souffres. Tout le monde souffre. Bien sûr, elle n'est pas handicapée, elle comprend tout, cette môme. » Avant de raccrocher, il demande que tu le rappelles. « J'attends ton appel, mon amour. » J'efface aussitôt le message. Quand tu sors de la salle de bains, je ne te prête aucun regard, je suis assise sur le canapé.

Un soir, après la télévision, tu me parles d'un endroit que nous allons visiter bientôt, toi et moi. Je sens que tu vas te débarrasser de moi. À cause de tout ce silence. À cause de tout ce que je te fais. Tu dis que c'est un endroit pour que j'aille mieux. Un centre de jour. Et ce mot centre, je le déteste. Je revois les grillages, les matelas de mousse, la poussière, les longues files. Je me souviens des nuits, des femmes qui crient, des bébés qui pleurent, des coups. Tout ce qu'ils m'ont enlevé, tout ce que j'ai perdu. Tu dis que cela n'a rien à voir avec Montanezza. Ce centre, c'est comme une école, avec des docteurs. Pour aller chercher la souffrance coincée à l'intérieur. J'irai le matin et je reviendrai chez nous le soir. J'y serai avec des jeunes de mon âge. « Ce sera mieux que la bibliothèque, Vanessa. » Tu expliques que nous allons voir si cela me plaît. Si cela ne me plaît pas, je ne suis pas obligée. Tu vas me garder. Bien sûr, tu vas me garder.

Aux Coquelicots, le premier jour, tu es tendue. Nous arrivons sur la petite place bordée de platanes où maintenant je m'assieds avec Hugo quand il fait soleil. Ce jour-là, il pleut. Nous poussons la lourde porte verte. Dans l'entrée, il y a du bruit, beaucoup de jeunes comme moi, cela circule et parle fort. Nous ne savons où aller et un grand type aux cheveux blonds nous indique le secrétariat où Vinciane nous accueille avec le sourire : « Bonjour, Vanessa, bienvenue, le docteur Ronvaux va vous recevoir tout de suite, il termine une conversation téléphonique. » Nous entrons dans le petit bureau. Le docteur me serre la main. Elle est grande, rugueuse. Nous nous asseyons. Il dit quelques mots. Il ne parle jamais beaucoup, le docteur. Roxanne, la psychologue qui me suivait au début, n'arrête pas de forcer la parole. Mais lui,

il ne force jamais. Moi, je ne dis rien, cela s'est
tu avec les vagues sans que je le décide, quand je
me retrouve seule, loin de mes bien-aimées, au
milieu de l'eau et des cris. Le docteur me pose
quelques questions, je ne le quitte pas des yeux,
puis il se tourne vers toi et tu racontes à nouveau. Et ce n'est pas tout à fait la même histoire
qu'avec l'avocate. Et, en même temps, c'est
mon histoire. Tu parles de moi et tu n'oublies
pas que je suis là. Tout le temps, tu le sais. Parfois tu demandes : « C'est comme ça, Vanessa ? »
et je hoche la tête. Quand tu hésites, tu dis : « Je
crois. » Quand tu t'es trompée, tu dis : « J'ai peur
de m'être trompée. » Tu es stressée à ce premier
rendez-vous avec le docteur Ronvaux, tu veux
que cela se passe bien, que je m'en sorte, tu le
désires tellement plus que moi, et ton visage est
rouge, si rouge.

Après, Vinciane nous fait visiter le bâtiment.
Il y a les classes, grandes et blanches, avec un
tableau noir, des vitres, un sol carrelé, alors que
dans mon pays, dans mon école, il y avait juste
des barreaux pour laisser passer la lumière et la
terre sous nos pieds. Ici, il n'y a pas d'uniforme.
Ici, il y a la salle de gym, le réfectoire, les salles
d'atelier — « Essentiel, explique le docteur, pour
le travail thérapeutique » — et un jardin avec les
animaux. Les animaux, c'est quelque chose. On
peut les nourrir, les caresser, leur apporter de

l'eau. Chaque groupe s'en occupe à tour de rôle. Moi, je suis chez les « Moyens ». Les « Moyens », c'est le mardi. Il y a aussi le potager. Je cultiverai les légumes qu'on préparera le vendredi. Tu me regardes, tu demandes : « Ça te plaît, Vanessa ? » Je ne baisse pas les yeux.

Tous les jeudis à seize heures, j'entre dans le bureau du docteur Ronvaux. La première fois, il propose que nous fassions connaissance. Il explique son travail, pourquoi il a choisi ce métier. Puis, il demande si j'ai envie de raconter d'où je viens. Il y a des feuilles et des crayons sur la table. Je sais ce qu'il veut. Je reste immobile. Lui aussi. Enfin, il met de la musique. Il demande si cela me plaît. Je secoue la tête. Alors il coupe. Quand je quitte la pièce, il dit : « Merci, Vanessa. » La séance suivante, je ne bouge toujours pas, et celle d'après et celle qui suit et toujours : « Merci, Vanessa. » Et, enfin, je prends les crayons et le papier et je dessine le baobab et la chambre et la cour et la rue barrée et les chèvres et les drapeaux et les détritus. Mais je n'ai pas le temps pour l'école et l'église et les voisins et la colline et les chutes parce qu'à seize heures trente c'est le rendez-vous d'Hayat. « Ne t'inquiète pas, explique le docteur, on continuera la prochaine fois. » Pendant des jeudis et des jeudis, je ne fais que dessiner. Dessiner tout ce que je vois, ce que je vis, ce que j'ai perdu. À la fin de chaque séance, le docteur range mes dessins dans un dossier à mon nom. C'est notre secret.

Grâce à lui, je les sculpte, mes bien-aimées : « Elles seront là où tu le décideras, Vanessa. » Je les sais vivantes et libres dans la savane. Je modèle d'abord les collines, puis les arbres, les arbustes, les brindilles, les oiseaux, et un jour, à la fin, tout à la fin, elles apparaissent sous mes doigts. D'abord la tête, le museau, les crocs, le corps, les pattes et enfin les yeux. J'y travaille deux mois tous les après-midi, parce que le docteur insiste, qu'en l'absence de Boris je puisse aller seule dans l'atelier. Rita, la coordinatrice, n'aime pas. Quand je m'approche pour qu'elle ouvre le local du haut, elle maugrée que si chacun exige un horaire particulier, c'en sera fini des Coquelicots. Mais le docteur tient bon : « Il ne faut pas couper cet élan. » Je dois travailler sur des carrés de vingt centimètres de côté que Boris fera cuire. « Si cela ne passe pas par le four, tout finira par casser, dit-il. Sois précise sur les raccords, Vanessa. Cela donnera toute la finesse à l'ensemble. » Il faut qu'elles ne manquent de rien, qu'elles puissent boire quand elles le voudront. Mais la terre est poreuse. Bientôt, il n'y aura plus d'eau. C'est Boris qui dit : « Le four est à huit cents degrés. Le fer fond à mille cinq cents. On utilisera des boîtes de conserve. » Nous les découpons à la scie. Je les couvre de terre. Peut-être que, pendant la cuisson, rien ne tiendra, je me dis. Mais tout tient. Encore maintenant, l'eau ne s'écoule pas.

Un jour, ma sculpture est achevée. Elle s'étend sur deux tables. « Il n'y a jamais eu de réalisation aussi grande dans l'atelier », dit Boris. Il prononce le mot « monumental ». Lors de la séance du jeudi, le docteur Ronvaux murmure : « Je serais content de voir ton travail, Vanessa. » Alors nous nous levons et nous prenons l'escalier qui tourne et nous voilà là-haut. Il ouvre la porte et, quand il voit ma savane, il demeure immobile. Puis, il demande : « Raconte-moi. » Alors je fais le parcours avec mes mains. Je montre où ça commence, comment ça continue et tout ce dont elles ont besoin maintenant qu'elles ne sont plus là. Le docteur ne me quitte pas des yeux. Il dit que ce serait bien de montrer mon travail à Mme Couturier. Il t'appelle comme ça. Il ne sait pas dire autrement ce qui se passe entre toi et moi. Dans ma tête, j'ai aussi du mal à le nommer. Et je n'ai pas envie que tu viennes. Je n'ai pas envie de te les montrer. Je ne veux pas. Cela ne te regarde pas. Mais il insiste. « C'est important que Mme Couturier voie ton travail. » Alors, à cinq heures, quand tu viens me chercher, il t'attend dans le hall et t'invite à monter. Je marche derrière vous. Je fais des petits pas comme si je reculais. Je ne veux pas te regarder. Mais j'entends tout, tous les bruits, et il me semble même que je perçois les battements de ton cœur qui cogne. Tu entres dans la pièce avec le docteur. Moi, je ne peux pas, je reste tout au bord. C'est la première fois que vous vous rencontrez, mes bien-aimées et toi. Et tu regardes longuement, en détail, tu observes tout minutieusement, et, à un moment, je crois entendre : « C'est magnifique, ma chérie. » Est-il possible que tu prononces ces mots-là ?

Le vendredi après le repas, nous avons le groupe de parole. Avec les « Moyens », nous nous retrouvons dans la salle de psychomotricité. Nous nous asseyons en cercle sur les tapis. Chacun, à tour de rôle, dit ce qui va bien et ce qui pose problème, on réfléchit ensemble et Sylviane, l'assistante sociale, note tout dans le grand cahier. Au début, je ne participe pas. Un jour, le docteur propose que je dessine. Alors, je montre les boîtes à tartine renversées dans le grand couloir, et le bruit du réfectoire comme des vagues de plus en plus fortes avec les petits qui se bouchent les oreilles. Le mois suivant, il y a de nouvelles étagères et la lampe de couleur qui s'allume quand on parle trop fort. Mais certaines pensées sont difficiles à montrer, comme la peur ou le regret. J'ai beau dessiner des larmes dans les têtes, personne ne comprend. Un jour, le docteur propose que j'écrive. « Si tu sais conjuguer les verbes, comme tu le fais avec Mme Lemarchand, tu peux employer les mots pour exprimer ce que tu ressens. »

Tu as trouvé un nouveau travail, dans un lycée. Trois jours par semaine. À la bibliothèque, ils veulent organiser une fête pour ton départ. Tu refuses. Moi, je pense que ce serait bien après tout ce que tu as fait. Mais tu ne veux pas. Tu dis : « Quand ça se passe comme ça, on ne fait pas de fête. » Lorsque tu rentres le dernier jour avec tes cartons, tu es fatiguée. Tu restes assise sur le canapé sans bouger. Je te regarde. C'est pour moi que tu es partie. Je voudrais faire quelque chose mais, à l'intérieur, ça refuse. Un jour, c'est congé aux Coquelicots et je t'accompagne à ton nouveau travail. Il faut prendre deux métros. L'école est grande mais le centre de documentation tout petit. Il n'y a qu'une seule pièce, deux ordinateurs, quelques tables avec des étagères en fer qui obscurcissent tout. On y trouve beaucoup moins de livres qu'à la bibliothèque. La lumière des néons y est tout le temps allumée. Tu travailles seule. Je me demande comment tu peux aimer cet endroit après ce que tu as connu. Comment tu peux être contente. À la maison, tu dis que ça va. Tu ne regrettes jamais. Pendant la récréation, les élèves arrivent en masse, avec leurs questions, leurs demandes. Tu les écoutes et tu leur souris comme tu le fais avec moi. Et je vois qu'ils ont besoin de tes conseils, qu'ils t'apprécient. Certains s'attardent pour te parler, d'autres s'installent et lisent. Et je comprends pourquoi tu restes là.

Tous les soirs, je demande que nous passions par le parc, pour le voir. Petit Roux, c'est le nom que je lui ai donné. Un soir, tu refuses : « Il fait trop froid, je vais attraper la mort sur ce banc. » Alors, je m'accroche à la grille. Tu essaies de détacher mes mains l'une après l'autre mais, chaque fois, je les replace exactement au même endroit. Les gens nous regardent. Je sais que tu n'aimes pas. Tu finis par céder. Nous entrons dans le parc.

Quand nous apprenons les matières, le matin, avec Mme Lemarchand, je suis toujours à côté d'Hugo. Avec elle, on peut choisir où l'on se place. À Saint-Exupéry, non. Le premier jour, je m'assieds à côté de lui par hasard. Ses yeux sont sombres et ses cheveux sauvages. Le deuxième jour, nous apprenons les cubes et Mme Lemarchand imagine que nous construisions des boîtes. Seul Hugo ne peut découper. Comme le midi, quand on ne lui donne jamais de couteau. Soudain, le cutter de Mme Lemarchand a disparu. Tous les regards se tournent vers lui. Mme Lemarchand exige qu'il le rende. Il crie. Elle s'apprête à le fouiller. Hugo se raidit. J'aperçois le sang dans le creux de son bras, la lame dans sa main. Alors, sous la table, je tends la mienne. Hugo y fait tomber le cutter que je glisse dans ma botte. Pendant que Mme Lemarchand le fouille, je le dépose près de la poubelle et je reviens à ma place comme si de rien n'était.

Nous sommes tout le temps ensemble, Hugo et moi. Ses mains, son regard me protègent. Ryan, du groupe des « Grands », me cherche. Il me surnomme Cagoule, me bouscule dans les couloirs, balance mon sac du haut de l'escalier, me prend mes canettes de jus. Parfois, il me suit jusque dans les toilettes des filles et me presse contre le lavabo. Les mauvais jours, il arrive à poser ses mains sous mon sweat-shirt. Je n'ai plus de voix ni de force. Un midi où Hugo m'attend dans le couloir, il voit Ryan sortir avant moi des toilettes. Son regard croise le mien. Il se redresse. Il suit Ryan jusque dans la cour, l'attrape par les cheveux et lui écrase la tête contre le mur. Encore et encore. Ryan s'écroule. Cela se produit si vite qu'aucun surveillant ne voit rien.

Quelques jours plus tard, j'enlève le chèche. Je ne sais pas pourquoi. Au début, je pense que je le remettrai. C'est juste pour que les yeux d'Hugo se posent sur mon visage. Et son regard lave tout ce qui est arrivé. Je lui tends le foulard. Il le jette par la fenêtre. À quatre heures, lorsque tu viens me chercher, tu ne me trouves pas. Cela fait des semaines que je porte le chèche, tu ne me connais plus. Je me tiens à côté de toi dans le couloir, je vois tes yeux à l'affût, je ne fais aucun mouvement, aucun geste, je regarde fixement la porte, comme si j'attendais quelqu'un d'autre. Tu fais les cent pas dans ce couloir bondé et alors, seulement, tu m'aperçois. Tu reconnais d'abord les vêtements, puis moi qui suis à l'intérieur comme on vient identifier un cadavre. Tu t'approches, je ferme les yeux.

Il n'y a pas beaucoup de monde qui vient nous voir à l'appartement. Souvent, Mme Desgrangers, parfois Vera, la nouvelle assistante sociale. Peut-être que tu as toujours été seule. Peut-être que tu es seule à cause de moi. La première année, nous sommes invitées à Noël chez ta cousine Arlette. Ta seule famille, dis-tu. Nous roulons longtemps. C'est la campagne, tout près de l'hôpital où tu es née. Tu passes devant pour me le montrer, moi je m'en fiche. Tu gares la voiture près d'une grande maison. Ta cousine ouvre la porte. Elle est grosse, maquillée, pleine de bijoux. Elle nous regarde en silence et, toi, tout de suite, tu baisses la tête. Et je comprends comment c'était ton enfance. Nous entrons dans le salon avec le sapin immense, tu as apporté beaucoup de cadeaux, tu voudrais tellement m'offrir une famille, mais eux ne nous attendent pas. Et tu embrasses le mari de ta cousine Arlette, ses enfants, leurs amis. Moi, je n'embrasse personne. Moi, je n'aime pas leurs rires. Je ne mange pas leur viande. Je passe tout l'après-midi devant la fenêtre. Au dessert, ta cousine demande que tu la suives dans la cuisine. Elle parle longuement. Je t'entends élever la voix, toi qui ne cries jamais. Tu dis que tu ne peux pas faire ça. Elle répond qu'on ne peut accueillir toute la misère du monde, surtout dans ta situation. Et sa voix est comme un couteau. Elle rappelle tout ce que tu as raté, tout ce que tu n'as pas et n'auras jamais. Elle te dit qu'il est grand temps de faire quelque chose de ta vie. Je sens quelque chose de dur dans ma poitrine. Après, tu t'approches de moi, tu annonces qu'on s'en va. Je prends ma veste dans la grande armoire. Nous ne disons au revoir à personne. Les années suivantes, nous fêtons Noël à deux. De toute façon, depuis que je suis arrivée dans ton pays, ça ne me dit plus rien, Noël.

Un après-midi, en quittant les Coquelicots, alors que nous approchons de la lourde porte verte, une femme s'avance vers nous. Elle est grande, porte un tailleur beige et des talons hauts. Toi, tu ne l'as jamais remarquée. Moi, si. C'est la maman d'Hugo. Elle dit que cela fait

longtemps qu'elle voulait te parler, qu'elle aime-
rait nous inviter à la maison, ils ont un grand
jardin, une volière. J'ai peur que tu dises non,
que tu n'as pas le temps, qu'ils habitent trop
loin. Elle est si différente de toi, Claire, avec
son chignon, ses bijoux et son vernis, peut-
être que vous n'aurez rien à vous dire. Mais tu
souris et tu réponds : « Avec plaisir. » Et je sens
les yeux d'Hugo sur moi. Le samedi matin, tu
prépares un gâteau et, l'après-midi, nous nous
mettons en route, mon cœur bat dans ma poitrine comme il n'a jamais battu, nous sortons
du métro, nous nous perdons un peu, puis nous
retrouvons notre chemin et enfin nous son-
nons à la porte. Claire vient nous ouvrir. Cette
fois, elle porte un jean et un tee-shirt. On dirait
qu'elle est vivante. Elle sourit : « Je suis heureuse que vous soyez là », et je monte dans la
chambre d'Hugo. Et je pousse la porte de bois.
Il est assis, juste derrière, sur le lit et je vois, à
côté, la construction de fer qu'il façonne bout
par bout. Tous ces morceaux qu'il collecte
jour après jour. C'est plus beau que dans mon
imagination. Plus grand aussi. Cela ressemble
vraiment à un homme-machine. Après, nous
descendons manger le gâteau que tu as préparé.
Vous êtes assises sur le canapé du salon, Claire
et toi, vous parlez avec animation, et, dans le
renfoncement, j'aperçois la volière, les oiseaux

bleus, rouges et jaunes. Ils chantent à tue-tête derrière les barreaux. Enfermés pour toujours. Comme je l'ai été. Comme je le suis encore.

Avec Mme Lemarchand, le matin, nous apprenons l'eau, les montagnes, les frontières, la lumière, le système solaire, ce qu'on compte et ce qui s'écrit, elle est contente de mon travail et, un jeudi, le docteur Ronvaux me parle de Saint-Exupéry, un collège normal pour enfants normaux, parce que ma place ne sera pas toujours aux Coquelicots, il en est sûr, elle se trouve avec les enfants blancs qui ont une vie, celle que Myriam n'a pas pu avoir, mais que moi, Vanessa, j'aurai. « Au début, dit-il, tu t'y rendras une journée par semaine et, si cela se passe bien, tu iras de plus en plus. » Et quand je quitte les Coquelicots pour Saint-Exupéry, quelque chose se déchire à l'intérieur. Hugo ne vient pas avec moi. Hugo n'est pas débile, Hugo n'est pas fou. Hugo est mon frère, sauf qu'on entend ses hurlements.

C'est un grand bâtiment blanc. Il y a tant de mouvements, tant de bruits. Je n'ai pas envie d'y entrer. Mais tu es avec moi. Tu as pris congé exceptionnellement. Le premier jour, c'est juste un rendez-vous avec le directeur, puis Mme Judith. Elle est jeune, Mme Judith, beaucoup plus jeune que toi, brune et souriante. Elle semble contente de me voir. Elle explique comment cela va se passer. Elle dit qu'il ne faut pas s'inquiéter. Elle raconte : « On va avancer pas à pas, Vanessa », et, tout à coup, je sens que c'est possible d'étudier avec les enfants blancs. J'y arriverai même. Et cette pensée-là est nouvelle. À Saint-Exupéry, je rejoins les CM2. Ils sont plus jeunes que moi. « Tu as peut-être la sensation de redescendre de classe, Vanessa. Mais le niveau n'est pas du tout le même qu'en Centrafrique, explique Mme Judith. Il y a aussi beaucoup à rattraper. » Pendant les cours de sport, je travaille avec Mme Laetitia sur les matières où j'ai des difficultés, comme le calcul et la conjugaison. J'ai du mal avec le pluriel et les additions. « C'est normal, dit le docteur Ronvaux, Vanessa a perdu toute sa famille, elle ne connaît plus que le singulier et la solitude. » Un jour, Mme Laetitia demande ce que je veux faire plus tard et je ne sais pas quoi écrire. Je n'y pense jamais. Est-il possible qu'il y ait un après ? Après le bateau, après la vague, après les Coquelicots, après toi.

Je te regarde à peine. Je ne te souris pas. Je ne te donne rien. La première fois que je te touche, c'est en hiver. La neige, je ne m'y habitue pas. Elle transforme tout. Elle trahit tout. Et cela dure des jours et des jours et, sur les trottoirs, c'est devenu de la glace compacte et tu me dis de faire attention et je ne t'écoute pas, je ne veux rien savoir de toi, et, près du feu rouge, au coin de la rue Georges-Simenon, je m'étale de tout mon long et, avant de penser à quoi que ce soit, il y a ta main dans la mienne pour m'aider à me relever.

Au début, tu essaies de cuisiner des plats de mon pays. Tu achètes des livres, tu vas dans des magasins africains. Cela te prend une énergie folle. Ce soir-là, tu as dressé une belle table. Tu dis : « Je crois que c'est réussi, Vanessa. » Et tu me montres le plat que tu as préparé. Du kanda. Et je ne veux pas le savoir. Et je ne veux pas ouvrir la bouche. Et je ne veux rien avaler. Je refuse de recevoir de toi ce plat-là. Ce plat que nous cuisinions là-bas. Ce plat qu'elle préparait pour Myriam et moi. Alors je fais mine de goûter et je crache. Même si c'est bon, je crache. Pour que tu t'imagines que c'est mauvais. Comme ça, tu ne cuisineras plus. Et, ainsi, tu ne cuisines plus. Un vendredi, tu m'emmènes aux Tropiques, un restaurant congolais. Il n'y a pas de restaurants de mon pays à Paris, dis-tu. Aux Tropiques, tu allais parfois avec mon père. « Il aimait cet endroit, parce que la nourriture congolaise ressemble beaucoup à celle de chez vous. » Moi, je m'en fiche. Je me jure que tu ne m'auras pas. J'entre dans le restaurant. Il y a des peintures au mur. Des visages de gens comme moi. La musique, des airs et des paroles que je comprends. Et l'odeur, l'odeur qui s'insinue partout et que je reconnais aussitôt. Et quelque chose s'adoucit à l'intérieur. Nous nous asseyons près de la fenêtre. La serveuse arrive, elle sourit, nous tend les cartes. Je regarde le menu. Juste pour voir, je me dis. Voir, cela n'engage à rien. Mais, peu à peu, je ne sais plus. Ce qui est mieux. Ce qui est juste. Si je dois manger ou pas. Ce que je perds en refusant, ce que je gagne en cédant. Et quand la serveuse revient, c'est plus fort que moi, je montre le poulet à la moambe. Et j'ai faim, pour la première fois que je suis dans ton pays. Et quand le plat arrive, j'ouvre la bouche, je mâche et j'avale. Et je vais jusqu'au bout de mon assiette. Et quand la serveuse vient reprendre les plats, elle dit en riant : « C'était bon à ce que je vois. »

Après l'école, nous allons au parc, et, un soir, je ne vois pas Petit Roux, je le cherche et tu marches avec moi, nous remontons à l'appartement et nous prenons du jambon de Parme et nous arpentons tout le parc, c'est énorme, ce parc, le soir tombe et, quand tu vois le sang près de la grille, tu dis : « Ne regarde pas, Vanessa, ne regarde pas ! » Mais c'est trop tard, je l'ai vu déjà et, quand j'éclate en sanglots, tu me prends dans tes bras. Un peu plus tard, tu demandes ce que je veux pour Petit Roux et, quand tu comprends, tu achètes une bêche et, le lendemain, nous l'enterrons sous le parterre des roses à la tombée du jour. La semaine suivante, tu dis que si je veux un chaton, c'est d'accord. Tu en as parlé à Mme Desgrangers. Cela ne posera aucun problème. Je refuse. Personne ne remplace personne. Je ne suis pas comme toi.

Au début, avec Mme Desgrangers, cela se passe mal. Je ne parle pas, elle pense que je le fais exprès. Elle se fâche. Elle dit : « Bonjour, ce n'est pas fait pour les chiens ! » Un soir, tu lui expliques mon silence et nous devenons amies. Après, elle m'invite, de temps en temps, à prendre un soda dans sa loge. La télévision est toujours allumée. Elle parle de Jean Iritimbi qu'elle croisait dans le couloir et qui disait toujours bonjour, de la guerre d'Algérie où son mari a perdu un bras, de sa mère qui est morte d'un cancer quand elle était petite. Elle n'a jamais quitté la France alors elle lit des magazines. Quand elle voit des reportages sur mon pays, elle les découpe et les glisse dans une pochette à mon nom : « Comme ça, tu te souviens d'où tu viens. » Je me souviens de tout. Je ne regarde jamais ces images. Je les jette dans la poubelle dès que je remonte. Mme Desgrangers dit que depuis que je vis avec toi, tu as changé. Tu regardes vraiment les gens, tu dis vraiment bonjour, tu poses vraiment des questions. Moi, je ne sais pas. Je ne t'imagine pas avant, quand tu vivais avec mon père, quand tu étais la femme de mon père. Certains soirs, quand je suis dans mon lit, je me demande comment nous ferons, si Jean Iritimbi les retrouve, mes bien-aimées, comment nous vivrons. Est-ce que nous habiterons tous ensemble ? Est-ce que je resterai avec toi ? Est-ce que je ne te verrai plus ? Je pensais qu'elles ne reviendraient jamais, parce que après la vague elles ont été entraînées tout au fond, tandis que moi, je me tenais à la planche où il n'y avait pas de place pour deux. Maman avait dit : « Prends la planche, Vanessa, tu es la plus petite », et je suis en vie parce que je suis la plus petite, mais Jean Iritimbi pense qu'il y a des chances qu'elles soient toujours vivantes. Et cela fait un trou dans ma tête. Un trou qui n'arrête pas de grandir.

Un jour, tu déposes un CD sur la table. C'est un groupe de mon pays. Du rap. MC Fonctionnaire. Tu demandes : « Tu connais ? » Je ne réagis pas. Comment l'as-tu trouvé ici ? Comment sais-tu ? Mais je ne prends pas le boîtier. Je ne l'ouvre pas. Je ne le touche pas. Il reste là des semaines dans le salon. Comme si je ne me souvenais pas que, là-bas, je fredonnais leurs chansons, que nous étions fiers, si fiers qu'il y ait un groupe comme ça dans notre pays. Comme si j'avais oublié le concert qu'ils avaient donné au Tropicana où nous étions allés avec Myriam et ses copains, où nous n'avions pas assez d'argent pour entrer mais où nous étions restés dehors, et la musique était si forte que nous n'avions rien perdu. Comme si j'avais oublié les paroles de la chanson « Après 50 ans », celle que je préférais, que Luki, en rentrant, avait gravées dans le baobab : « Les jeunes rêvent de partir en France parce que, chez nous, il y a trop de souffrance. » Cette musique qui, la première, m'avait parlé de ton pays.

Quand tu m'emmènes à Fleurs de Bangui, tu dis que c'est important, que Jean Iritimbi y est allé, que j'y rencontrerai ses amis. Nous prenons le métro et quand j'entre dans la salle, tout de suite, je reconnais l'odeur du ngukassa, les bananes et les arachides. Alors, toutes les images me reviennent. La fête chez mon oncle, avec grand-mère et les cousins et les tantes. Quand nous chantons avec Sheila, Sousou et Miandra. Cela fait du bien et de la douleur à la fois. Nous dansons et, cette musique, je la connais. Monica, la responsable, reste tout le temps près de nous. Elle sourit. Elle me regarde, elle dit : « C'est bien que tu sois venue. » Parfois, elle met la main sur ton épaule, elle t'appelle « ma sœur ». Alors qu'il n'y a pas plus différentes que vous deux. Elle, qui prend toute la place en dansant, et toi, qui te forces pour faire plaisir, si raide. Monica assure que je ressemble à Jean

Iritimbi. Oui, on ne peut douter que je suis sa fille.

Je ne le vois pas tout de suite. Il est assis au fond de la salle, il boit une bière. Quand il comprend qui je suis, il se lève, Romaric Ouayo. Il lui ressemble aussi. Il me serre dans ses bras, il veut savoir. Alors, tu sors le carnet de ton sac et tu me donnes les crayons. Au début, je ne veux pas. Mais il y a tant d'attente dans son regard. Alors, je dessine l'embarcation, cette carcasse sur laquelle nous avons quitté Tripoli au milieu de la nuit, le soleil est en train de se lever, il n'y a plus d'essence, nous n'avançons pas d'un pouce sur cette mer qui s'agite, et au loin, quelqu'un aperçoit un bateau, alors des passagers ont l'idée de faire du feu pour attirer l'attention. Cela s'embrase et, soudain, tout est en flammes. Il faut sauter, vite, même si nous ne savons pas nager. Je ne sais pas si Solange parvient à quitter le bateau. Durant tout le voyage, elle reste près de nous. Nous partageons l'eau et la nourriture. Nous imaginons ce que nous ferons ensemble arrivées à Paris. Mais je ne me souviens pas d'elle dans l'eau. Il y a des bousculades, des hurlements, des coups. Maman crie : « Il faut sauter maintenant, accroche-toi à la planche, Vanessa ! » Nous sommes toutes les trois dans la mer. Je m'accroche à la planche. C'est d'abord le tour de Myriam. Maman crie :

« Myriam ! Myriam ! » Mais il y a tant de cris. Tant de gens. Personne n'écoute personne. Je crie. Maman crie. Autour de nous, des corps flottent. Des corps vivants. Des corps morts. Puis c'est le tour de maman. Il y a la vague. La vague terrible. Je m'accroche à la planche. Je m'accroche de toutes mes forces. Je cherche la tête de maman parmi les autres têtes, son corps parmi les autres corps. Je ne vois rien. Plus rien.

À Saint-Exupéry, une fille aux cheveux rouges arrive un matin. Élodie réalise un documentaire sur les adolescents. Tout de suite, je me méfie. Je ne veux pas qu'elle me regarde. Je ne veux pas qu'elle me vole. Je fais tout le temps attention à tout garder. Quinze jours plus tard, il y a la journée sportive. Je choisis l'activité danse. Cyril, l'animateur, demande que l'on s'asseye contre le mur. Il met de la musique. Une musique lente, pleine de chocs, comme un collier de sanglots. Chacun peut raconter quelque chose sur cette musique. Raconter avec son corps. Au départ, je ne veux rien dire. Mais mon corps remue. Il demande qu'on le regarde. Il me force à me mettre debout. Il tourne, il lève les bras, il saute, il se couche, il raconte la vie que je mène à présent, cette ville qu'il traverse quotidiennement sans parler à personne, ces jours qui ne lui appartiennent plus, comme une enveloppe vide. Quand la musique s'arrête, il y a un moment de silence, puis Cyril dit : « Merci, Vanessa. C'est très beau », et je vois le regard d'Élodie posé sur moi. Ce regard qui ne me lâchera plus. Je pense : « Voilà le début des ennuis. » Et quelques jours plus tard, quelqu'un sonne à la porte. Tu dis : « La voici », tu te lèves et c'est Élodie aux cheveux rouges. Elle a l'idée de faire un film sur toi et moi, à présent. L'histoire des gens comme moi qui ont quitté leur pays et des gens comme toi qui les accueillent. Cela fait longtemps qu'elle voulait en parler. Moi, je ne veux rien. Je n'ai rien à dire. Après son départ, je secoue la tête. Tu dis qu'il faut prendre le temps de réfléchir. Ce documentaire est une chance. Je vais de mieux en mieux et peut-être qu'un jour ils diront que je peux rentrer chez moi. Ça, tu dis, c'est impossible. Tu ne veux pas. C'est pourquoi il faut ce film qui nous protégera. Le travail d'Élodie nous fera connaître, les attendrira, les empêchera de me renvoyer là-bas. Nous devons mettre toutes les chances de notre côté. Quand je serai majeure, si on ne trouve pas de solution, il y aura toujours l'adoption, dis-tu. Mais ça je ne veux pas. Mon nom est tout ce qu'il me reste. « Il faut faire ce film, tu m'entends, Vanessa. » Alors je cède. Élodie demande à venir loger un week-end chez nous. « Comme préparation », dit-elle. Tu acceptes, tu dis que c'est formidable mais, au bout de quelques heures, je vois que cela te pèse. Élodie prend toute la place. Elle filme quand je marche dans la salle de bains, quand j'arrive dans le salon après la nuit, quand nous regardons la télé, toi et moi, quand tu dis « Vanessa, c'est quoi ce désordre dans les armoires ? », quand je ne veux pas t'accompagner chez Auchan. Elle pose des questions auxquelles tu n'as pas envie de répondre. Elle refait des plans, elle recommence. Le dimanche midi, je décide que c'est fini. Je me couche sous la couette et je ne bouge plus. Au début, elle ne voit rien. À quatre heures, elle vient te trouver : « Il y a un problème avec Vanessa. » Tu entres dans la chambre, tu t'assieds sur le lit, tu dis : « Tu ne veux plus, c'est ça ? » Je sors la tête de la couette, je te regarde et tu soupires. Et il faut bien que tu ailles trouver Élodie qui ne comprend pas et remballe tout son matériel. Et c'est bien fini pour le film. Le soir, tu dis que tu es déçue. J'aurais pu faire un effort tout de même. C'est pour moi qu'on fait tout ça. Moi, je m'en fiche. S'ils me chassent de ton pays, je rentre. Je veux rentrer. Un jour, de toute façon, je rentrerai.

Aujourd'hui, si Mme Laetitia me pose encore la question sur ce que je ferai plus tard, je sais ce que je vais répondre « médecine ». Si c'est possible encore, puisque j'ai tant de matières à rattraper. Comme le docteur Ronvaux. Ainsi je ne serai jamais prise au dépourvu et je pourrai soigner ceux que j'aime quand je rentrerai chez moi. Ceux que j'aime et les autres qui en ont besoin. Parce que ma vie, je la vois là-bas. Avec le ciel, les collines, l'eau et les odeurs. Tous ceux que j'ai connus. Tous ceux dont je me souviens. Tous ceux que je ne connais pas encore. Sans toi. Mais tu pourras venir. Tu arriveras à l'aéroport, je viendrai te chercher. Je te dirai : « Bienvenue chez moi. » Et un jour, tu repartiras.

Quand j'arrive en Italie, nous passons à la douche. Je sors, je cherche mon jean et ma chemise. À la place, un tee-shirt, un pantalon de survêtement et des baskets. Les fonctionnaires expliquent : « On brûle tout à cause des maladies. Dans votre pays, il y en a. On ne veut pas les attraper. C'est pour cela que nous portons les gants, les masques. » Dans la poche de mon jean, il y avait ma pièce porte-bonheur. Le cadeau de Sousou contre le mauvais œil. Peut-être que c'est grâce à elle aussi que je suis vivante. Je veux lui dire merci. Sur Facebook, j'essaie de la trouver. Elle n'a peut-être pas accès à un ordinateur, pas d'électricité, pas le temps, il y a mille raisons pour qu'on ne te voie pas sur Facebook, je me dis, cela ne veut pas dire automatiquement que tu es mort.

Je ne sais pas comment cela revient. Cela sort tout seul dans le métro un vendredi. Les vendredis, tu finis plus tard au lycée et je rentre seule à l'appartement. Au début, tu ne veux pas. J'insiste. J'ai seize ans, maintenant. Alors, tu me laisses rentrer. Ce vendredi-là, il y a du monde à la station Charonne, je suis debout à l'intérieur de la rame et je vois une petite fille sur le quai, une petite fille comme moi, noire, elle veut entrer, il y a une bousculade, et je pressens que les portes vont se refermer sur elle, que son bras restera coincé entre les portes, qu'elle aura mal, et avant que j'aie le temps de réfléchir, j'entends : « Attention, les portes ! » et la petite est sauvée. Cette voix qui sort de moi, je ne la connais pas, elle vient de loin, de plus profond qu'avant. Elle a quelque chose d'éraillé que j'ai du mal à accepter et, sur le chemin qui mène à ton appartement, je murmure à plusieurs reprises : « Vanessa. Je m'appelle Vanessa » pour l'entendre à nouveau, ma voix, pour l'apprivoiser et me rassurer, parce que cela fait peur tout à coup ce qui arrive. Quand tu rentres, tu es si fatiguée. Tu allumes la télévision. Je n'arrive pas à te dire que c'est revenu.

Je ne sais pas comment c'est revenu. La veille, j'ai vu le docteur Ronvaux. Ce jour-là n'est pas comme les autres. Je ne dessine pas, j'écris à peine. Le docteur parle tout le temps, lui qui s'exprime si peu. Il dit qu'on ne recommence jamais. On continue. « Tu ne seras jamais une page blanche, Vanessa. » Et à ce moment-là, ce ne sont plus ses mots que j'entends, les mots qu'il prononce de sa voix chaude, mais ce qu'il y a derrière. Cela m'arrive de plus en plus souvent à présent. Comme ce que l'on vit et ce qui se trouve juste en dessous, qu'on ne voit pas au premier regard mais qui apparaît quand on fait l'effort de se concentrer un peu. Comme moi et Hugo. Parce que j'aime Hugo, même si je ne sais pas comment nommer cet amour-là, et ce n'est pas parce qu'il n'y a pas de mots que cela n'existe pas. Cela fait peur parfois mais, certains jours, je me dis qu'il y a sûrement une vie où quelque chose sera possible, pour moi et Hugo, une vie sans peur, sans rigole, sans pont, sans mer, sans cri, peut-être n'y aurons-nous jamais accès, mais cela n'efface pas cet amour dans nos têtes et dans nos corps, alors il est bien réel, n'est-ce pas ? Comme toi avec le docteur Ronvaux, et là encore il ne se passe rien, parce que je suis là. Tant de choses invisibles et bien réelles à la fois. Comme son regard qui se pose sur toi pendant le rendez-vous des familles, comme ton investissement à chaque projet des Coquelicots bien que je n'y sois presque plus, comme sa présence à tes côtés lorsque nous avons les fêtes, comme cette phrase que tu répètes toujours chaque fois que tu viens me chercher : « Je ne dois pas oublier de saluer le docteur. » Et même s'il ne se passe rien, même s'il n'y a jamais rien, tout cela existe, pourquoi ce qui vit dans nos têtes serait-il moins fort que le réel ? Comme mes bien-aimées, toujours avec moi, et j'enserrais ma tête dans le foulard pour qu'elles ne s'en aillent pas, qu'elles ne sortent jamais de ma mémoire, parce qu'elles étaient mon bien le plus précieux, mon trésor, ma famille, et je ne pouvais pas t'aimer, je ne peux pas t'aimer, comme je te déteste d'être là, vivante, de prendre leur place, toute la place à présent, mais le docteur a dit, ce jeudi-là, que personne ne remplace personne — « Ne crains pas d'oublier, Vanessa » —, et toi qui m'as ramenée dans ton pays, tu ne seras jamais ma mère, celle qui m'a portée et m'a donné le jour, je ne dois pas avoir peur de cela, tu continues, c'est cela, tu continues en dépit de tout — ma colère, ma violence et mon désespoir —, tu poursuis l'amour de ma mère et peut-être est-ce cela qui la rend si vivante à mes yeux et dans mon cœur, parce que c'est trop dur à douze ans de vivre sans sa maman, à douze comme à seize, de la voir sans cesse disparaître au fond de l'eau, et, moi, je ne serai jamais ton enfant, jamais celui que tu as espéré, qu'aucun homme ne t'a donné, pas même mon père, mais peut-être que je te permets de vivre cet amour-là, ce souci-là, parce que c'est trop dur de rentrer dans un appartement vide, dans cette grande ville anonyme, si personne n'a besoin de toi. Cela fait quatre ans maintenant. Et c'est seulement en sortant du bureau du docteur, Hayat était assise sur le banc dans le couloir, je l'ai regardée comme toutes les semaines et ce regard lui dit à chaque fin de séance que c'est son tour à présent, et donc, en regardant Hayat, j'ai senti, pour la première fois, que ce n'est pas rien quelqu'un qui dit quand tu as tout perdu : « Oui, je veillerai sur elle. Je te donne ma parole, Jean Iritimbi. Je la ramènerai avec moi à Paris. » Si tu ne l'avais pas dit, qui l'aurait dit ? « Nous apprendrons à nous connaître, nous nous en sortirons. Attache ta ceinture, Vanessa. On a beau être en Italie, le port de la ceinture est obligatoire. »

Depuis que ma voix est revenue, je ne te l'ai pas encore fait entendre. Nous avons toujours vécu dans le silence, toi et moi. Tout sera nouveau. Je ne pourrai plus me cacher comme je l'ai toujours fait. Je devrai renoncer à ma colère sourde. Aujourd'hui, c'est ton anniversaire. Tu as quarante-sept ans. Depuis que je vis avec toi, je ne t'ai jamais rien offert. Tu dis toujours que tu n'as besoin de rien. Comme si ce n'était pas grave. Ce n'est pas vrai, on a tous besoin de tant de choses. Même moi qui fais semblant de rien, qui te défie parfois juste pour jouer. J'ai cherché quelque chose qui ne s'achète pas, parce que c'est toi qui me donnes mon argent de poche et je refuse que tu t'offres, toi-même, ton cadeau. Donc, quelque chose qui n'a pas de prix. Dans ton pays, ce n'est pas facile. J'ai cherché long-temps et puis j'ai trouvé. Cela fait peur un peu mais je veux essayer. Avant de partir au res-taurant pour retrouver Claire et Hugo, quand nous serons dans l'ascenseur toutes les deux, je voudrais prononcer ton nom. Ton nom comme un pays. Une terre d'asile où je grandis depuis quatre ans. Une patrie.

Patricia.

Merci à Pierre Mertens, François Emmanuel, Alain Berenboom, Philippe Horta, Laurent Sterse, Stéphanie Bruyère, Sylvie Sarolea, Jean-Claude Kangomba, Khaido Kantou, Mounir Tahri, Serge Bagamboula, Myriam Djegham, la Cellule des travailleurs sans papiers de la CSC, François Crépeau, United Nations Special Rapporteur on the Human Rights of Migrants, Officer Pelletier of the Department of Homeland Security, Customs and Border Protection of the United States in Niagara Falls (NY), Didier Bennert, Alain Berth, Olivier et toute leur fière équipe de joueurs de poker, Claire Grenier, Loreto Cardella, les *carabinieri* de Lampedusa, Francesco de l'ONG Mediterranean Hope, Catherine Guillebaud, Bénédicte Servais qui a utilisé l'expression « Je continue », Annick Janssens, Jean-Luc Fafchamps, Béatrice Delvaux, Christophe Berti, Maroun Labaki, Philippe Deboeck, Fabienne Tréfois, Corentin Di Prima, les équipes Monde et Forum du journal *Le Soir*, sans oublier Maurice Lippens.

Merci aussi à mes « validateurs » : Christian Lieutenant, le professeur Jean-Yves Carlier de l'UCL, Joëlle Kwaschin et Michel Lambert pour leur relecture attentive et exigeante.
Merci à Benoît Feroumont et Isabelle Defossé pour les conversations.
Merci à Thomas Gunzig et Isabelle Wéry pour leurs encouragements.
Merci à Anne Sorensen, Nathalie Capiez, et aux membres de Gallimard qui ont travaillé à la réalisation de cet ouvrage.
Merci à Martine Potencier qui a entendu les multiples versions de l'aventure de *Patricia*.

Merci enfin à Éric Simard, Guy Goffette et Maylis de Kerangal pour leurs retours, leur confiance et leurs conseils.

L'écriture de *Patricia* a été soutenue par la Fondation Spes et le service de la Promotion des Lettres de la Fédération Wallonie-Bruxelles.

Composition PCA/CMB
Achevé d'imprimer
par l'Imprimerie Floch
à Mayenne, le 27 juin 2017.
Dépôt légal : juin 2017.
1ᵉʳ dépôt légal : mai 2017.
Numéro d'imprimeur : 91300.

ISBN 978-2-07-273179-2 / Imprimé en France.

325347